美しき闘争　上

新装版

松本清張

角川文庫
22905

目次

一章　離　婚

1

井沢恵子は門を出た。

この辺の路《みち》は暗い。小さな家が多かったが、それでも住宅街だった。外灯がまばらに路を照らしている。

恵子はタクシーの走っている通りへ向かって脚を大きく運んでいた。もう、バスは終っているだろう。賑《にぎ》やかな通りに出るまで、まだかなりの距離があった。

風が冷たかった。その冷たさが熱した頬にこころよい。

わずか紙一枚の手続きだった。いや、判コを捺《お》すことだけで米村恵子が井沢恵子に変ったのだ。実に何でもない瞬間だった。この手続きのために、なんと一年間、苦しんできたのだ。

泪《なみだ》は出なかった。まだ怒りが胸にたぎっている。

たった十五分前までは夫だった米村和夫と姑《しゅうとめ》のミネ子に、引返して怒鳴りたくなる。大きな声で腹の底から罵倒《ばとう》したかった。が、彼女はその離婚届に判を捺したとき、「長らくお世話になりました」と、冷静に両人に挨拶《あいさつ》できた。理性の勝った動作だった。その冷静さが今になって腹が立ってくる。

なぜ、もっとときたないことを言ってやらなかったのだ。一年間を苦しめた姑。一年でキズモノにしてほうり出した夫。それを思うと身体中が熱くなってくる。

しかし、これでやっと自由になったのだ。青い空を望んだような気持だった。今までの一年間の苦しみが五年ぐらいの重量に感じられた。

その苦しみは一枚の結婚届によって始まり、一枚の離婚届に捺印《なついん》することで終ったのである。自分が必死になって苦しみもがいていたことが、ただ二枚の書式にしかすぎなかったのだ。

決してうしろは振り向くまい。まっ直ぐに前方を見つめて進むのだ。

まだ自分の眼の前に何があるか分らなかった。白い霧の中に身体が吸い込まれていくような感じだった。それでも、今までよりは決して悪くはならないと信じていた。悪いはずがない。過去の一年は貴重な経験にしよう。

自然に歩く足が速くなっていると、うしろのほうで声が聞こえた。

気がついたのは二、三度目かもしれない。頭が燃えて耳に入らなかったのだ。

振り向くと、男の影が走るようにして近づいて来ていた。米村和夫だった。たった十五分前まで夫だった男だ。

米村和夫は、恵子が姑の家で話し合った通りの服装で駆けつけて来ていた。セーターとズボン。髪は乱れている。

「恵子」

米村和夫は、暗い中でも白い息を激しく吐いていた。

「ちょっと待ってくれ」

恵子は姿勢を変えた。

「何ですか?」

「話がある」

米村和夫は恵子の真向かいに近づいた。

「話なんかあるはずがありませんわ」

恵子は睨《にら》んで答えた。

「いや、誤解しないでくれ。ぼくは未練がましく戻ってくれと言っているのではない」

未練はどちらにあるのか分らなかった。そんなことを言う米村和夫に、別れたばかりの妻に未練がないとは言い切れまい。

「もちろんですわ。もう、あなたには懲りごりですから」

米村和夫は恵子の強い言葉に何かいいたそうにしていたが、気を変えたように、

「お前、これからどこへ行くんだ？」

と、訊《き》いた。

どこに行こうと勝手である。十五分前に別れの判コを捺した女は、彼の世話など受けない。

「どこかに行きますわ」

「あのアパートに帰るのか？」

「帰りません。これでも、たった十五分前は夫だったあなたと暮したアパートです。別れた以上は、そんな思い出のある所に帰りたくないんです」

米村和夫の顔がちょっと動いたようだった。

「誤解しないで下さい。わたしは、もう、あなたという男を自分の心の中から追い出しているんです。懐しい思い出がアパートに残っているから、今夜そこに帰りたくないといってるんじゃありません。あのアパートには嫌な思い出が一ぱいあるから、今度荷物を取りに行くとき以外は、ひと晩でも寝たくないんです」

「ふん」

米村和夫は暗い中で鼻を鳴らした。

「それもよかろう。おれの分の荷物は、いずれ誰かに頼んで取りにやらせる。おれは行かないからな」

「どうぞ、ご勝手に」

「アパートで寝るのでなかったら、どこに泊るんだ？」

「そんなことは、あなたの干渉を受けませんわ。わたしはたった今、誰からも束縛を受けない女になったんです」

「恵子」

米村和夫が彼女の前に進んで、その肩に手をかけそうになった。

「何をするんです？」

恵子はさっと身を引いた。

「変な真似はしないで下さい」

「そうおれを睨むな。なあ、恵子。今夜は遅いから、あのアパートに寝ろよ。お前には泊りに行けそうな友だちはいないはずだ。それに、こんな遅い時間に女一人が旅館に行って泊っても、ろくなことはない」

「あなたは、わたしのことがそんなにまだ気にかかるんですか？　ご親切だわ」

別れた亭主が、別れたばかりの妻へそんな余計な差出口をしているのは、彼女に、まだ貞操を要求しているからだった。妙な旅館に行って、妙な男とかかわり合うような結果にさせたくない。別れた夫は別れた妻へまだ貞操を要求している。

米村和夫の「親切」の裏には、そんな男の勝手なわが儘《まま》があった。

「わたしはどこででも寝ます」

彼女は言った。

「あなたは、これでやっとわたしから離れてお母さまのものになりましたわ。お母さまは満足でしょう。わたしという女が一年間も自分の一人息子を占領して、自分の思い通りにならなかったんですから」

「おふくろは」

米村和夫はいった。

「おれには絶対だ。おふくろに逆らうことはできない」

「あなたは善良な方ですわ。昔だったら、修身の教科書に載りそうな方ね」

「恵子」

米村和夫は別れたばかりの妻に言った。

「君はお母さんとぼくとを恨んでいるのか?」

夜の静寂《しじま》が沈んでいる路には、二人のほかに人影もなかった。表通りから入った路地で、両側は垣根の奥に暗い屋根が沈んでいた。

「いいえ、恨んでなんかいないわ」

恵子は冷淡に言った。或《あ》るいは、そう装った声で答えた。

「女の不幸は、それがどんなかたちでも、半分は自分の過失だと思うわ。わたしがあなたを善良な人だと信じて、それで周囲の人も善良だと思ったのが間違ってたんです。いいえ、少しはむずかしいことがあっても、それはあなたの善良さで切り開けると思ったんです……間違いでしたわ」

恵子は路《みち》を少し歩いた。和夫も従った。

「あなたはおとなしい人だわ」

彼女はつづけた。

「もし、お母さんがいなかったら、あなたはわたしにとってほんとにいい夫になったと思うわ。でも、あなたはわたしの頼みを聞かず、お母さんから離れてゆこうとはしなかったわ」

「ぼくは、おふくろとお前との間に挟って苦しんだ」

米村和夫は恵子の横に並んでいた。が、落着かない様子だった。

「そりゃ、苦しんだかもしれないわ。あなたなりにね……でも、わたしたちは夫婦だったのよ。一年間の生活を考えて、わたしは自分は結婚しているという感じは一日もしてなかったわ」

「…………」

「あなたにとってはお母さんだったけれど、わたしにとってはあの人は何だったのでしょう？　姑でもなく、夫の母親でもなかったわ。わたしに向けるあのいやらしい眼を思い出しただけでも、ぞっとするわ」

「恵子、お前が何と言おうと、おれにとっては母親だ。たとえ欠点があっても、お前からそんなふうに言われたくない」

「お母さんは、わたしを息子の嫁だと思ったことなんか一度もないでしょうね。わたしは、ときにはお母さんの恋仇《こいがたき》であり、ときには息子に付けられたお手伝いだったわ。お母さんは、わたしが来てからずいぶん若々しくなったじゃないの。結婚前、二、三度、あなたに伴《つ》れられてお母さんに会ったことがあるけど、あのときは、十年前に夫に死に別れた後家さんらしく、弱々しくて頼りなげに見えたわ。わたし、初めて見たとき、うんとお世話しなければ長生きができないように思ったくらいだわ……それがあなたと一しょになって半年目から見る見るうちに元気になって、顔色も良くなったじゃないの。言葉の調子も若い人に負けないくらい張りが出てきたわ」

「………」

「それがどこから来ているか、わたしにはよく分るわ。お母さんは、わたしという性悪な女が息子にくっ付いていて、それを取り除こうとして闘うことで生命を燃やしていたんだわ。若々しくなったのも、声に張りが出てきたのも、みんなその闘志からだわ」

背を丸めた勤め人らしい男が歩いてきていた。それが通り過ぎるまで、二人は黙った。米村和夫はときどきうしろを振り返った。家から次第に遠ざかってゆくのがいかにも気がかりそうだった。

「あの調子では、お母さんは十年前に死んだお父さんにも嫉妬《しっと》深い女だったに違いないと思うわ」

暗い路の上で恵子は言いつづけた。

「お母さんは死んだお父さんに嫉妬して、絶えず喧嘩《けんか》していたと思うわ。でも、お父さんはお母さんを殴ったり、蹴《け》ったり、四、五日くらい女のもとに逃げて行ったりすることができたでしょう。あなたにはそれができなかった。お母さんの言いなりになって、じっと竦《すく》んでるだけだったわ」

「ぼくは一人息子だからね。おやじに死なれたあとのおふくろが、苦労してぼくを学校教育させてきたことを忘れることができない。ぼくには君の言うように親が捨てられないのだ」

和夫は彼女の横で言った。

「あなたは親、親と言うけれど、あれは親じゃないわ。息子をわたしに取られまいとする一人の女だったわ」

そうでなければ、ああいうことはできない。

結婚の前から、母一人子一人という条件に危惧《きぐ》はあった。別居をしようという話を聞いたときは彼女も喜んで、四、五年経ったら姑《しゅうとめ》と一しょになってもいい、それまでは、ときどき二人だけのアパートに呼んだり、こちらから訪ねて行ったりして世話をしよう、そうするうちには互いの感情も完全に融《と》け合い、親子になれると恵子は思っていた。

が、その計画は、和夫と結婚して三日目には崩れたのだ。

――結婚は寒い時期だった。

夕方の六時ごろ、アパートに姑が突然やって来た。恵子は和夫と一しょに三人で夕食を摂《と》った。初めは息子新夫婦の間がうまく行ってるかどうか心配して様子を見に来たぐらいに思っていた。それは世間でよく聞く話だったからだ。

夕食が済むと、話好きの姑は二時間ばかり腰を据えて動かなかった。恵子もその相手をさせられていた。

姑はふと気づいたように時計を見て、

（あら、もう、こんなになるの？）

と、言った。九時を過ぎていた。

（今から帰るのも遅いし、今夜は愉《たの》しい気持になったから、ここに泊めてくれないかね？）

と、息子に言った。和夫は恵子の顔を窺《うかが》うように見た。

（どうぞ、どうぞ）

恵子は愛想よく姑を引き留めた。息子がいなくなって寂しい気持も分るのだ。

（恵子さん、そいじゃ、わたしはあんた方の間に寝せてもらおうかね）

姑は、にこにこして言った。

若夫婦は母親を真ん中に入れて両側に分れて寝た。三人とも寝ながらしばらく話していた。

（お母さん、もう遅いから、話はいい加減にして睡りましょう）

和夫は言ったが、電気を消し、話を止めてからも、三人はしばらく睡らないでいた。

姑は一晩中、溜息《ためいき》をついたり、寝返りを打ったりしていた。

姑は思いつきでその晩寝たのではなかった。実は、それが最初から企《たくら》まれた計画だったのだ。初めての晩に、姑はさりげない様子で息子夫婦に楔《くさび》を打ち込んだのであった。

翌晩、姑は夕方になって機嫌のいい顔をアパートに見せた。

(恵子さん、今夜も泊めてもらいたいんだがね。やっぱり、家にいると寂しくて睡れませんよ)

姑はあたかも既得権を獲得したように、それから毎晩のように息子の所にやって来た。姑は来ると恵子の作ったものを食べ、息子と恵子との間に蒲団《ふとん》を敷いて身体を横たえた。少しも新夫婦を意識するではなかった。

それでも、初めのうちは多少の遠慮が見えていた。だが、だんだん、それはずうずうしくなってきた。恵子の作ったものに苦情をつけ、文句を並べ、露骨に嫌な顔をして、途中で食事を止めることもあった。

寝ていても、いつまでも姑は眼をさましていた。恵子がちょっとでも蒲団から身体を動かすと、横の姑の眼はぎろりとむき出された。

姑はいつでも眼をさましていた。一体、この老人はどこで睡るのだろうか。多分、昼間、自分の家に帰って昼寝をし、夜、ここに来て、朝まで眼をあけているように思えた。

朝はまだ外の暗いうちに、もそもそと起きた。台所で、わざと鍋《なべ》や茶碗《ちゃわん》の音を立てた。恵子が一分でも蒲団の中にいるのを、まるで鞭打《むちう》っているようだった。

夫の和夫は、母には一言も言えなかった。

「一体、お母さんは、いつまでこっちに来るの？」

母のいない所で、恵子は夫に言った。

「さあ、分らないね」

「少し非常識じゃないかしら？」

初めて彼女はそれを口から出した。

「それも寝る所がないなら別だけど、ちゃんと娘さんが二人もいる家があるでしょう。なにも、ここまで毎日夜番みたいに泊りに来ることはないわ」

「そうだな」

和夫は気弱く言った。

その和夫も母の仕打ちにすっかり参っていた。彼の顔も神経衰弱に罹《かか》ったようになっていた。眼が落着かず、始終、物欲しそうだった。

「あなた、お母さんには、何も言えないの？」

恵子は夫に告げた。

「言えなくもないが……しかし、おふくろも、もう、年寄だからな」

「年寄だから言えないの？」

「いま、ここに来るなとは言えないよ」

「あなたが言えなかったら、誰が言うの？」

「………」

そういう会話が結婚間もない夫婦の間でとげとげしくつづいた。ある日、恵子は思い切って姑に言った。

「お母さん、毎晩、こうしてうちにいらしていただけるのは嬉《うれ》しいんですが、ほかの義妹《いもうと》さんが寂しがりませんか？」

「ちっとも寂しがらないよ」

姑は言った。

「わたしが出て行くのを喜んでいるよ。若い者だから、やっぱり年寄が邪魔になるんだろうね」

自分の娘には遠慮して、ここには無神経に入り込んでくる。恵子は腹が立ってきた。

「お母さん、少しは義妹さんの所にいてあげたらどうですか」

「おや」

姑は眼を光らせた。

「恵子さん、あんた、わたしがここに来るのがそんなに邪魔になるかい？」

「邪魔というほどではないんですけれど」

「いいや、邪魔だよ。邪魔でなければ、そんな口は利けないね。ええ？　恐ろしい女《ひと》だね、あんたは。息子は何も言わないのに」

新夫婦の間に姑が割り込むという、奇妙な夜の生活がしばらくつづいた。

夫の和夫は、当然に恵子を求めた。彼は日曜日になると恵子を伴れて、裏町の小さな旅館に入った。

　恵子は、まるで自分が商売女のような気がした。

「いやだわ、こんな生活」

　恵子は言った。

「夫婦じゃないわ。うす汚ない宿を渡り歩いて、誰が着て寝たかしれない蒲団の中に入って……」

「しょうがないさ」

　和夫は畳に腹《はら》這《ば》って煙草を吸った。赤茶けた畳には、客が焦がした煙草の焼跡が黒くミミズのように這っている。

「わたしたちは、何のために結婚したのよ？　わたしはあなたと結婚したんだわ。いくらお母さんだって、毎晩欠かさずにやって来ては、夜通しわたしたちの間に割り込んでくる権利はないわ」

「そりゃそうさ」

「どうしてあなたはお母さんに強く言えないの？　そりゃ親孝行ということは分るけれど、それじゃ親孝行の前に、一人の男としての資格はないわ」

「おふくろはな、おれが小さいときから、猫の仔《こ》を可愛がるようにおれを可愛がってきたんだ。だから、おれが君に取られると思ってやきもきしてるんだよ。おふくろの身にもなってみろ。やっぱり少しは可哀想だからな」

「そんなことを言ってるんじゃないわ。そりゃお母さんが一人の女になって、わたしという女が息子に付いて毒虫か何かのように目の仇《かたき》にしてる気持は分るわ。だけど、非常識もほどほどにしてもらいたいわ。恥しくて誰にも言えやしないわ」

「もう少しの辛抱だ。おふくろだって必ず分ってくれるよ」

「分るもんですか。第一、あんたの妹さん二人は何をやってんのよ？　お母さんが新夫婦の所に毎晩泊りに行くのを、平気な顔で止めもしないのね。かえってお母さんの味方になってけしかけてるのかもしれないわ」

「君もこの前から、おふくろには相当言いたいことを言ってるじゃないか」

「あなたが何も言わないからよ。わたしはお母さんにとってますます性悪な女になってしまったわ」

それからの半年、恵子にとっては毎日が地獄だった。

和夫は、母親と妻とがいがみ合っていても、とめるすべも知らなかった。

「おまえは鬼だ」

母親は恵子を罵《ののし》った。

「おまえのような女がいたら、この先、わたしはどんな目に遭うか分らない。先を考えると空おそろしくなるよ。和夫が可哀想だ」

「それはこっちで言いたいことだわ」

恵子は言った。

「わたしは今にお母さんから虐《いじ》め殺されそうだわ」

わめき声はアパート中に響き、そのつど、廊下にこっそり人が集って聞き耳を立てた。

ある日、恵子が出先から帰ってみると、夫の荷物はきれいに無くなっていた。それきり和夫は母親の許《もと》に帰って戻らなくなった。

恵子は姑《しゅうとめ》の家に押しかけて行った。

実際は、母親にかくまわれている夫に責任の追及に行ったのだが、外から見ると、押しかけたという印象になった。女がこのような行動をすると、すぐに「押しかけ」と言われる。

夫が母親のところから出てこないので、恵子のほうから行くよりほかはなかった。

姑の家で、姑と夫と二人の義妹《いもうと》と、恵子との間に大喧嘩《おおげんか》がはじまった。

姑は恵子を面罵《めんば》した。二人の義妹は恵子を嘲笑《ちょうしょう》して母親に加勢した。

夫は姿を現さなかった。

恵子は逆上した。

姑が恵子を小突いた。それが恵子の鬱積《うっせき》した怒りをこみ上らせた。彼女はそこにあった食卓を茶碗ぐるみひっくり返し、竹筒の箸《はし》立てを姑に投げつけた。

義妹の一人が近所に走って、一一〇番を呼んだ。パトカーが来た。巡査が来たとき、恵子は髪を振り乱し、眼をつり上げていた。

姑と義妹二人は口を揃えて、巡査に恵子をとんでもない人間だと言った。

恵子はパトカーに乗せられ、所轄署に連行された。夜だったので、当直の巡査部長が彼女を訊問《じんもん》した。

「あなたは姑さんとの仲が悪くて神経衰弱になったんじゃないですか。医者に診てもらったことがありますか？」

巡査部長はそんな訊《き》き方をした。

「わたしはべつに神経には異常はありません。ただ、姑が非常識なことをするので、かっとなっただけです」

一応の事情を説明したあとでの回答だった。

「しかし、あなたは姑に乱暴をした。相手は老人ですよ」

「年寄かもしれませんが、若い二人の女が付いていました。わたしだけが勝手に乱暴出来るわけはありません」

「警察としては」

巡査部長は言った。

「夫婦喧嘩だとか、こういう家庭内のトラブルには、なるべく介入しない方針になっています。あなたをパトカーでアパートまで送らせますが、もう、こういう乱暴はしないでしょうね？」

「乱暴はしません」

彼女は言った。

「でも、わたしは夫と直接話をしたいのです。それを姑が邪魔をして話させないのです。夫と話をして離婚したいと思ってます」

巡査部長はうなずいた。

その晩、恵子は朝まで睡れなかった。アパートの部屋に帰って来たときがすでに午前四時だったが、障子にまぶしいような光が輝いても、彼女は蒲団《ふとん》の中に仰向《あおむ》けになって天井を見つめていた。

和夫は人のいい男だった。しかし、母親の言いなりになるだけで、妻のことは全く考えになかった。あるいは母親を怖れて恵子に味方出来なかったともいえる。

恵子はこの結婚を諦《あきら》めることにした。和夫は、母親も老齢だからいつまでも生きてるわけではない、母親が死ねばおれたちの苦労もなくなる、と言った。常識として世間に通るかもしれなかった。しかし、姑が死亡するまで待つことは、それだけ嫁の若さも老いることだった。ここにも嫁の自己犠牲があった。

2

暗い道の向うから男と女とが歩いてきた。夫婦者らしかった。

恵子はその二人が通りすぎるのを待って、

「いつまでも、こんな話をしても仕方がないわ」

と、和夫にいった。

「できたことは仕方がないわ。わたしも、悪い夢を見たと思ってあきらめるわ。あなたはせいぜいお母さんに孝行なさいよ。そして、わたしなんかより、ずっとおとなしい奥さんをおもらいなさいね」

もう姑の家からはかなり離れたところにきていた。彼女が歩く横を、和夫も自然とついてきていた。

「もう帰ったらどう？」

彼女はいった。

「いつまでもわたしの傍にいると、また、お母さんが追っかけてくるわ」

「ぼくが悪かったよ」

和夫はいった。

「君に迷惑をかけた」

「そんなことをいま謝ってもらっても仕方がないわ。あなたも運が悪かったし、わたしもそうだったのよ。だから詫《わ》びることはないわ」

「本当に、君は今晩どこに泊るのか？」

和夫は、またそれをいった。

「友だちのところに行きます」

「友だちって、誰だ？」

「あなたの知らない人よ。ずっと、付き合いをやめていたんだけど、こうなったら、そこに行って相談するほかはないわ」

「その女のひとは大丈夫か？」

和夫はまだ未練がましく訊いた。

「止めましょう。そんなことを返事してもはじまらないわ。東京のどこかに、わたしが生活していると思ったらいいわ。広い東京でも、町角でひょっこりと出遭わないとも限らないわ。そのときは、しばらくといって笑って別れるようにしたいわね」

風が出てきた。通りの並木が揺れている。

広い道路に近付くと自動車が頻《しき》りと行き交っていた。

「さようなら」

恵子はいった。

「その辺でタクシーを停めて乗りますから、あなたは帰って下さい」

「ぼくが停《ひと》めてあげよう」

この男は本当は善良な夫だったのだ。ただ少しばかり気が弱かっただけである。恵子は姑が死ぬまで辛抱してくれといった、和夫の言葉がまた思い出された。或《ある》いはそうしたほうがよかったかもしれないという気持が微《かす》かに頭の中を掠《かす》め過ぎた。

和夫が道路に出て手を挙げている。ヘッドライトの光線に浮いた彼の姿は、紙のように薄く見えた。

タクシーが停った。

和夫がドアを開けてくれた。

「ありがとう。お大事にね」

彼女は彼の手を自分から握った。冷たいやさしい手だった。

座席に座ると、和夫はすぐにはドアを閉めずに、外から恵子の顔を見つめるようにして立っていた。

その姿がしばらく忘れられなかった。恵子は走る車の中ではじめて泪《なみだ》を流した。一年足らずの短い間に、自分の人生が理不尽に泥に塗《まみ》れたことへの悲しみと怒りだった。女は離婚という前歴が貼られると世間の価値が一変する。

恵子はタクシーを下りると、狭い路《みち》の中に入った。辺りは雑木林が多い。杉並《すぎなみ》区の閑静な住宅街だった。夜は人通りが少ない。

こぢんまりした二階家が、その路地の突き当りにあった。その前に小さな門がある。恵子が門についた呼鈴のボタンを押して待っていると、玄関に灯が点《つ》いて小さな女がコンクリートに下駄を鳴らした。

「どちらさまですか？」

この手伝いは恵子の知らない顔だ。一年以上も来ていないと手伝いの替ったことも分らない。

「井沢恵子といいます。先生はいらっしゃいますか？」

「少々お待ち下さい」

手伝いは玄関に入ったが、間もなく戻ってきて、

「どうぞ」

と、恵子に告げた。手伝いは彼女の風采《ふうさい》をじろじろ見ていた。

一年前とは少しも変ってない家だった。玄関に入った正面の壁にある額も絵も同じだった。

奥から女主人がせかせかと現れた。

「まあ、恵子さん」

半纏《はんてん》の広い袖《そで》を前に重ね合せ、土間に立っている恵子をおどろいたように見下している。

「先生、ご無沙汰《ぶさた》しました」

恵子はおじぎをした。

「どうしていらしたかと思ってたわ。あれきり顔をみせないもんだから。現金なものね。旦那《だんな》さまができると、わたしなんか忘れてしまうんでしょう？」

女流作家の梶村久子は四十を少し出ている。恵子が一年間見ない間に眼鏡をかけている。以前は美人作家として騒がれたひとだった。

背が高くて、すらりとした撫《な》で肩だった。

「さあ、おあがんなさい」

上に立ったままますすめた。

恵子はそこに男の靴が二足脱がれているのを見て、

「お客さまでしょうか？」

と、訊《き》いた。

「いいのよ。例によって仲間だから。いまお酒を呑《の》んでいるところなの。気のおけない人よ」

恵子は靴を脱いで上った。梶村久子が先に立って奥へ行くのを後ろから呼びとめて、

「あの、先生」

「なァに？」

「少し、ご相談したいことがあるんですけれど」

と、その傍に並んだ。

「そう」

久子はちらりと恵子の横顔を眺めて、

「夫婦喧嘩《げんか》のシリを持ってきたんじゃないでしょうね？」

と、笑顔で言った。

「実は、そうなんですが」

恵子も微笑で答えた。

「いやだわ。ここには一年も来ないでいてさ……」

「申しわけありません」

「嘘よ、それはいいけれど、どうしたの、まさか夫婦別れをしたんじゃないでしょうね？」

「先生、実はいま別れてきたばかりなんです」

梶村久子は、恵子が夫婦別れをして来たといったのを、はじめ冗談ととっていたようだが、恵子の表情から眼を瞠《みは》って、

「あら、本当なの？」

と、のぞき込んだ。

「ええ」

「おどろいたわ」

「わけがあるんです。それで、今夜は先生のうちに泊めていただいて、いろいろお話ししたかったんです」

「泊めるのは構わないんだけど……」

梶村久子がちょっと眉《まゆ》を動かした。

「ご迷惑でしょうか？」

「ううん、うちは誰もいないんだから」

奥のほうに眼を戻して、

「まあ、その話はあとでゆっくり聞くとして、こっちへいらっしゃいよ」

「はい」

梶村久子は黒衿《くろえり》のかかった黄八丈の半纏を普段着の上に重ねて、前袖を合せたまま前を歩いた。その部屋も恵子は知っている。久子が編集者と会うときに使っている八畳だった。

「さあ、お入りなさい」

襖《ふすま》を開けた。

部屋の温かい空気が恵子の頬に流れてきた。

座敷には洋服の男が一人、黒檀《こくたん》の応接台の前に坐《すわ》って、グラスを持っていた。卓にはウイスキーの瓶や水差しがある。赤いウインナソーセージやピーナツを入れた小皿も前にあった。向い合いに置かれた友禅の座布団は、この家の主人のものだが、その前にもグラスが置いてある。梶村久子は酒呑みの女流作家としても知られていた。坐っている男は、四十四、五くらいの年配だった。ものを書く人間のように髪を長く伸している。粗いスコッチをきていたが、ひどくくたびれた洋服だった。細長く尖《とが》った顔に、ふと縁の眼鏡をかけ、色が黒い。

「大村さん」

梶村久子は恵子の肩に手を置いた。

「こちらは井沢恵子さんといって、晩年の高野秀子さんの秘書をしていたことがあったのよ」

高野秀子は三年前に物故した、かなり高名な女流作家だった。

「恵子さん、この人はね」

今度は男を指した。

「評論家の大村隆三さんだわ」

「やあ」

大村は長い髪をふって軽く恵子に会釈した。

大村隆三という名前は、恵子も何かの雑誌で活字になったのを知っている。書いているものは雑文のようなものだった。

そういえば、梶村久子も三年前まではまともな小説を発表していたが、近ごろでは興味本位のルポルタージュや、インタビューや軽い人物論などのような仕事に変っている。彼女の小説はかなりエロチックなものを特徴としていたが、技巧があまり巧くないほうなので、近ごろは何となく小説の注文が減っているらしかった。

「ほう、あんたが高野秀子の秘書だったんですか?」

大村が黒い顔を向けていったが、実は、それは酒焼けのした皮膚だった。

「高野秀子さんには、ぼくも三、四度お会いしましたよ」

大村隆三は、ばさばさと長い髪を掻《か》き上げて恵子にいった。

「そうですか。あなたが秘書だったんですか?」

「いいえ、秘書というわけではありませんけれど」

　恵子は眼を伏せて答えた。

「高野先生が、いつもわたしを仕事場にお呼びになるんです。先生はご承知のように、ちょっとエキセントリックな方でしたから、ほかの方とはよく喧嘩をなさいましたわ。わたしたちは、はじめ同人雑誌を作って、高野先生に教えていただいたのがきっかけなんです」

「ほう、あんたは文学少女ですか？」

「それは、もうとっくに諦《あきら》めました。とても、そんな文才はありませんから」

「そうでもないわ」

　梶村久子が言った。

「お恵ちゃんは」

　と、恵子の愛称を言って、

「これで、なかなかの文章が立つのよ」

「とんでもありませんわ……とにかく、そんなことをしていて、高野先生にお近付きになったんですが、先生は好き嫌いの激しい人なのに、どういうものか、わたしだけは傍にひきつけていらしたんです」

「そうですな。高野さんはそういう性格がありましたな」

　大村はうなずいた。

「あの人くらい、また、男性遍歴した人も少ないですよ」

「そういうことは聞いていましたが、わたしがお近づきになったのは、先生の亡くなられる二年前でしたから、直接には存じません」

「晩年は不幸でしたね。誰からも相手にされないで寂しい死に方でしたな。前半生が派手だっただけに、少し気の毒でしたね」

「お恵ちゃんは、高野さんが死ぬまで世話をしたんですよ」

梶村久子が註《ちゅう》を入れた。

「ほかにやる方がなかったから、仕方がなかったんです」

恵子はつづけた。

「死ぬ前ころになると、お金がなくなって入院費もない始末で、先生はその費用を稼ごうと思って、原稿をわたしに口述なさるんですが、筆記していても、支離滅裂でしたわ。何を言おうとしているのか分らなかったし、構成も乱れていました」

「なるほどね。病気が頭にきていたんだろうね。ずい分、男と男との間を渡った人だからな」

その中には、いまは高名な作家も含まれていた。

「高野先生は、その原稿を新聞社や雑誌社に持って行けとおっしゃるので、命令通り、各社を回ると、どの編集者もこれでは使いものにはならないが、まあ入院費の寄付だと思って、稿料を出してあげますと言うんです。なかには露骨に香典ですな、とおっしゃる方もありましたわ。わたし、随分それで辛《つら》い思いをしました」

「えらいですな。わずかなつき合いで、そこまで高野さんの世話をされたのは——若いのに似合わず、立派ですよ」

大村隆三は、じっと恵子の顔を見つめた。

「梶村さんも人が悪いな」

評論家大村隆三は言った。

「こんなきれいなひとがいるのに、ちっとも、ぼくに話してくれないんだからな」

「だって」

梶村久子は鼻にかかった声を出した。

「この女《ひと》、いままでうちに寄りつかなかったんですもの。話のしようがないわ」

「それはいけない。なぜ来なかったんですか？」

大村は今度は恵子に向った。

「いろいろと事情がありまして」

恵子は眼を伏せて微笑した。

「大村さん。この人、結婚なすってたのよ」

梶村久子は答えた。

「ああ、なるほど。それで梶村女史のところには用がなかったというわけですか」

「失礼ね」

久子は大村の顔を睨《にら》んだ。

「ところがそうではないのよ。今度はその結婚をやめて、また、わたしのところに復帰するようになったの」

「何ンだって？」

大村隆三は赧黒《あかぐろ》い顔の中の眼をむいた。

「じゃ、離婚したんですか？」

「ええ」

恵子はうなずいた。

「たった今ですわ」

「愕《おどろ》いた話だ」

大村隆三は厚い近眼の眼鏡を鼻の上にずり上げた。

「どれどれ。そいじゃ、離婚したばかりの女の顔はどんな表情か、ちょいと見せて下さい」

彼は強い眼差《まなざ》しで恵子を見つめた。

「いやですわ」

恵子が顔をそむけた。

「大村さん、お止《よ》しなさいよ。ふざけるのは」

梶村久子は半纏《はんてん》の黒衿を合わせた。

「いや、失敬。ものを書く者は何でも観察の機会を持ちたいと思っていますからね」

「あんたなんか、そんなもの、とっくに卒業じゃないの。いままで、さんざん女とくっ付いたり、離れたりして……」

「ひどいことになったたな」

大村はにやにやして、グラスにウイスキーの瓶をかたむけた。

「しかし、どういう原因で別れたんですか？」

彼はまだ眼を輝かせていた。

「それは、いろいろとあるんですけれど」

恵子が言うと、

「そんなことを、あんたのようにデリカシーのない訊《き》き方で言うもんじゃないわ。わたしだって、まだ、何も聞いていないんだから」

と、久子が口を入れた。

「ほう。そいじゃ、いま、別れたばかりのホヤホヤというところですね。家を飛び出して、ここへ駆けつけたわけですか？」

「ええ、まあ、そんなところですわ」

「いよいよもって面白い話だ……ね、梶村さん」

評論家は女流作家に首を伸ばした。

「どうせ、あなたも、この井沢さんからその相談をうけるんでしょう？　よかったら、ぼくをオブザーバーとして同席させて下さい」

「いやな人ね」

「わたしの話なんか面白くもありませんわ。平凡な離婚です」

恵子は、梶村久子と大村隆三を等分に眺めて言った。

「すると、やっぱり旦那《だんな》が浮気でもしたんですか？」

隆三は長い髪を指先でつまみながら、にやにやした。

「いいえ。そんなことじゃありませんわ。それだけの覇気があればいいんですけれど」

「これはおどろいた。ね、梶村さん。いまの言葉を聞きましたか？　こういう奥さんをもらっていると亭主も幸福だろうな」

「あんまりまぜかえさないでよ」

梶村久子は大村をたしなめておいて、

「恵子ちゃん。それ、どういう意味？」

と、彼女に向かった。恵子が、

「亭主というのがおとなしすぎるというか、母親の言う通りになるんですの」

と、答えると、

「結構じゃないの、親孝行で」

「親ばかり孝行して、ちっとも奥さんのことは考えない人ですわ。……でも、この話、もう止めますわ」

「ははあ。すると、やっぱり昔からある通りの姑《しゅうとめ》と嫁との関係ですか？」

隆三がまた口を開いた。

「ええ、一口にいってそうなんです。だからお話しても面白くないんですよ」

「その姑さんというのが、要するに、あなたに嫉妬《しっと》して夫婦の間を邪魔したというわけですか？」

隆三はさすがに真相を察していた。

「もう訊かないで下さい」

「やはり、それは梶村女史のほうが聞き役かな」

大村隆三は、ウイスキーをグラスから呑《の》み乾した。

「ええ、わたしにもそれで見当がついたんだけど」

梶村久子が負けずにうなずいた。

「それだったら、また明日ゆっくり聞くわね。今夜はこの人がいて邪魔だから」

「邪魔は少しひどいな」

大村隆三は空になったグラスに自分で瓶を傾ける。

……一体、大村隆三というのは何だろうか。評論家ということだが、むろん、それに価するものを書く人ではなかった。酒は好きだし、顔の赫《あか》いのも酒焼けなのだ。はじめて会ったのだが、わずかの間見ただけでも大村隆三は梶村久子とひどく親しそうだった。その親しさも普通のものとは思えない。それは、二人が交わすちょっとした眼の動きや、表情、馴《な》れ馴《な》れしい言葉の端々で恵子に察しられた。

梶村久子は六年前に夫と離婚している。それからの彼女は、いく人かの男と噂をたてられていた。そのなかには、作家も、編集者も、建築家もいた。彼女はいつか高野秀子から聞いたことがある。

(わたしのことを人はいろいろ言うけれど、チャコなんか何をやっているか分らない。結局、わたしのほうが正直だもんだから損なのね。チャコは利口だわ)

恵子は米村和夫と結婚して、一年間、この方面から足が遠ざかっていた。それで現在の梶村久子が誰と親しくなっているか分らない。いま大村隆三を見て、もしや彼が久子の新しい対手《あいて》ではなかろうかと思った。

3

井沢恵子は風呂《ふろ》に入った。

湯の中に身体を沈めていると、今夜別れたばかりの和夫の顔が泛《うか》んでくる。その言葉や、素振りやらが思い出されるのだ。それから、いま母親と自分のことを話し合っている場面が想像できた。妹二人がその話に加わって恵子の悪口をいっている。

恵子はもう腹も立たなかった。それよりも和夫が次第に気の毒になってきた。世間知らずのいい人間だ。男としては頼りないが、純真な点では珍しいほうかもしれない。しかし、それは和夫と別れてから彼に向けている眼だった。もう、彼といっしょに暮らすなどとは毛頭考えなかった。

身体を洗っていると、今まで和夫といっしょに暮らした垢《あか》がきれいに落ちてゆきそうな気がする。湯殿には鈍い電灯の光が湿気を吸っていた。皮膚が白い石鹸《せっけん》の泡を流してすべすべと輝いた。

湯槽《ゆぶね》から出て支度をしていると、笑い声がここまで聞えてきた。久子と大村との愉《たの》しそうな笑いだった。もう、十一時に近い。大村はこの家に泊るつもりでいるのかもしれない。

久子の裏側の生活が、来たばかりの今夜、もう、のぞけてしまった。これまで、幾度か男の交渉を経ていた女だったが、今度は評論家崩れともつかない雑文書きと仲よくなっているらしい。

大村の顔を見ただけでも、恵子には彼の性格も行状も分るような気がした。どうせ、この仲も長つづきがしないであろう。大村のほうは、年上の久子から小遣銭欲しさに近づいているのかもしれない。

恵子は、二人のいる部屋にはわざとのぞかなかった。普通なら、お先にやすませていただきます、と挨拶《あいさつ》するところだが、黙ってお手伝いさんの敷いてくれた蒲団《ふとん》のある部屋へ入って行った。

階下の六畳だった。久子と大村の呑んでいる八畳の間からは遠くないので、二人の笑い声や、ぼそぼそと話し合う声がいつまでも耳についた。

これからどのようにして暮らすか――そのことを恵子は考えている。

まさかバー勤めでもなかった。すぐ間に合う女の職業というと、自然に限定されてくる。久子の所に来たのは、もしかすると、彼女の紹介で雑誌社から簡単な仕事が貰《もら》えるかもしれないという期待からだった。文章は前の経歴でわりと自信があった。

実は久子に逢《あ》ってからすぐにそのことを言い出そうと思ったが、大村が来ているので、言いそびれてしまった。明日起きたら、早速、相談してみよう。しかし、今夜の調子では、大村はまた明日もねばっているかもしれない。なんだか、朝から二人で酒を呑んでいそうな気がした。

そんなことを考えていると、いつの間にか睡りに落ちた。しかし、睡りが浅かったとみえ、八畳の間が静かになり、二階に上ってゆく二人の足音を聞いた。

恵子は睡りの中でも何となく胸が轟《とどろ》いた。

それからどのくらい経ったか分らない。彼女は、自分の顔に冷たい風が当るのを意識して眼を醒《さ》ました。暗い中で襖《ふすま》が静かに開けられていた。

恵子は息を殺した。

他人の家だけに恐怖を覚えた。人影は閾際《しきいぎわ》に立っている。それは眼を向けて見ないでも分っていた。気配で相手の動きが分るのだ。

畳に触れ合う微《かす》かな足音がする。

やがて、枕許《もと》の近くまで来て、しばらく立ち停っていた。上からじっと恵子を見下ろしている感じだ。

相手が何者かは彼女には分っていた。大村隆三しかいない。

彼は十二時過ぎまで梶村久子と酒を呑んでいたが、それが済んで二階に上ったまでは彼女も微かにおぼえている。その彼がたった一人で階段を降りてここに忍んで来たのだ。久子は取り残されて二階に睡っているに違いない。

も早、大村隆三が何の目的でここに来たのか考えるまでもなかった。しかし、恵子はまだ黙っていた。彼女も大きな声で叫ぶ年齢ではない。相手がどう出るか、もう少し待ってみることだ。

恵子を少し安心させたのは、大村がうしろの襖を閉めないことだった。そこに大村の躊躇《ちゅうちょ》があった。

大村の挙動をうかがうと、もう酔っているとは思えなかった。彼は理性を回復している。いざというときは、開けている襖から逃げるつもりなのだ。初めての女に、彼もあまり自信がなさそうだった。

大村の影が動いた。彼は畳の上にうずくまった。恵子の寝息を窺《うかが》っている。

暗い中で、彼の吐く荒い呼吸がはっきりと伝わってくる。

恵子は身体を硬くしてじっとしていた。心強いことに、自分の呼吸に乱れはない。彼女は先ほど大村と久子との間を見ている。そのことが彼女に余裕を持たせていた。

大村はまだ行動を起さなかった。用心深い斥候が入念に敵状を探るように、耳を澄ませ、眼を光らせていた。そんな彼のかたちが、眼をつむっていても眼に泛ぶ。

恵子は寝返りしたい気持を耐えた。自分がちょっとでも動きさえすれば、それに誘われて男の身体が跳躍してとびかかってきそうだった。

彼の手が蒲団のはしに触れた。すぐそこに恵子の肩がある。手はまだ容易にそれには触れなかった。おそらく、男にとっても、その短い間隔が、まだ途方もない距離に感じられているに違いなかった。

手が蒲団をまさぐっている。蒲団の動きが恵子の身体に伝わってくる。直接に手に触れられたのと同じ気味悪さだった。

大きな吐息が相手の口から一つ洩《も》れた。

せわしない息づかいは、それからもつづく。——このとき、二階のほうで微かな音がした。

恵子もはっとしたが、大村もそれを耳にしてぎょっとなったらしい。彼の手が急に引っ込んだ。しゃがんでいた姿も静かだが、急いで起《た》ち上った。爪立《つまだ》ちしたような足音が畳から遠ざかってゆく。

襖の閉まる音がした。

恵子は初めて眼を開けた。やはり暗い。二階の音は階段を降りていた。

梶村久子の足音が階段をきしませている。大村の足音は、わざと廊下の反対側に向かっていた。

朝、恵子が眼を醒ましたのは八時ごろだった。手伝いに訊《き》くと、
蒲団をたたみ顔を洗った。

「先生はまだおやすみです」

と言う。手伝いは二十二、三の、まるまると肥えた身体をしている。

「いつも、何時ごろまで寝てらっしゃるの？」

「そうですね、十時ぐらいですわ」

この手伝いに訊くのも悪いと思ったが、恵子は思い切って訊《たず》ねた。

「大村さんという方は、もうお帰りになりましたか？」

手伝いはちょっと困ったふうに眼を伏せたが、

「はい、今朝七時ごろにお帰りになりました」

と、小さな声で答えた。

「そう」

恵子は、肝心の久子が降りてこないので手持無沙汰《ぶさた》だった。

「あの、お食事を召し上りませんか？」

「ええ……」

「先生から昨夜、遠慮なく先に差し上げてくれと言われていますから」

やはり久子は、それだけの心遣いはしてくれているのだ。

恵子は、その手伝いの支度で食事を摂《と》った。

彼女は、手伝いにもっといろいろなことを訊いてみたかった。たとえば、大村という男は、始終、ここに来て泊って帰るのかということなど、だが、さすがにそれはまだ言えなかった。

食事が終って、恵子は久子が起きるまでと思い、狭い庭や、表のほうを歩いた。この辺は住宅街で、青いサワラの垣根がつづいている。鞄《かばん》を持ったサラリーマンやOLが、長い影を曳《ひ》きながら道を歩いていた。

それぞれが身体いっぱいに生活を匂わせていた。そういえば、こうして歩く通りの両側の家にも生活が充満していた。

なかには表に立って出勤の主人を見送っている奥さんもいる。子供を抱いた若い人妻が、子供に手を振らせて笑っている。

どの家庭にも結婚が道路まで溢《あふ》れていた。

しかし、結婚の正体というのは何だろうか。恵子には、家がふくれるくらいに充満している「結婚」が到る所にヒビを見せ、穴を開けているように思えてならなかった。破婚したばかりの女の意地悪い眼だろうか。

彼女は当分、結婚は考えないことにした。まず、生活だ。食べてゆくことを考えなければならない。

腕時計を見ると、九時三十五分だった。

――昨夜、久子は二階から降りたが、あれは大村の行動に気づいたためだろうか。大村は久子にどう取りつくろって彼女の嫌疑を晴らしただろうか。

大村が朝七時に彼女の家を出て行ったということも、久子と大村との間に自分のことで諍《いさか》いがあったようにも思われる。

久子もいい加減な女だ、と恵子は思った。

大村みたいな男を相手にしてどうする気なのだろうか。

久子には前からいろいろと噂があったが、恵子の知る限りでは、それは編集者や、作家や、詩人などだった。浮気の相手がそんな「文化人」に限られているところに女流作家梶村久子の甘さがあった。

恵子は久子の家に戻った。

「先生は、起きてらっしゃいます」

手伝いがそう告げた。

「そう。どうしていらっしゃる?」

「二階におられますが、井沢さんが帰られたら上って下さるようにとのことです」

恵子は、階段を上った。

早速、昨夜のことを訊かれるのだと思った。階段を上りきったところが六畳の座敷で、次が十畳になっている。恵子は声をかけて襖を開けた。

十畳の間は畳の上に絨毯《じゅうたん》を敷き、明るい窓際に大きな机が置いてある。壁際が本棚になっていて、机の脇の下にも本が山積みとなっていた。

久子は机に向いて片肱《かたひじ》を立て、身体を揉《も》んでいた。

原稿用紙がその前にのべられていたが一行も書いていない。恵子が入って行っても、久子の姿勢は変らなかった。こちらを振り向くのではなく、いつまでも顳顬《こめかみ》を揉み続けている。小説の筋でも考えているような恰好《かっこう》だった。

恵子は、襖《ふすま》ぎわに坐《すわ》って、久子がものを言うのを待っていた。

しばらく経っても久子からは何の言葉も出なかった。恵子には久子の強張《こわば》った肩の表情から、彼女が何を考え、何を言い出そうとしているか、およそ想像がついた。

障子を漉《こ》した陽は、絨毯の端に匍《は》い寄っている。光を眩《まぶ》しく含んだ障子は、庭樹の梢《こずえ》を幾筋かの曲線で映していた。

「恵子さん」

久子がやっと声を出した。しかし、まだこちらを向くのではなく、前のままの姿勢で額に指を当てていた。

「昨夜は、よく睡れたの？」

声の調子が違っている。言葉はやさしいが尖《とが》ったものを含んでいた。

「はい、お蔭《かげ》さまで」

恵子はなるべく明るい声で答えた。

「そう」

また、黙った。障子に鳥の影が斜めに突っ切った。

「昨夜、大村さんがあなたのところに行ったでしょ？」

この声は、いきなり単刀直入だった。恵子には背を向けているが、言葉だけは正面から飛んできた。

「いいえ」

恵子は否定した。もう久子が何を言おうとしているか覚悟ができていた。

「ああ、あなたは睡っていたのね？」

これは皮肉だった。

「はい」

「でも、おかしいわね。わたしなんか睡ってても、人が入ってくるとすぐ眼がさめるわ。あなたはわたしより若いから誰が入ってきても熟睡ができるのね？」

「そうでしょうか」

恵子は眼を微笑《わら》わせた。

「あなたは睡っていて知らなかったでしょうけれど、昨夜二時ごろ、大村さんがあなたの部屋に入ってたのよ」

恵子は、わざと眼を大きくさせ、向うむきになっている久子を見つめた。

「あなたが睡ってて知らなかったと言えば仕方がないけれど、わたしは大村さんがあなたの部屋から出てきたところを見つけたのよ」

「大村さんもそう言ったんですか?」

恵子は反問した。

「あの人は狡《ずる》いから」

梶村久子は恵子の反問に唇をゆがめて言った。

「本当のところは、なかなか白状しないわ。でも、わたしは、あの人があなたの部屋から出たのをちゃんと見てたんだから……」

それは違う。あのとき大村隆三は階段を下りてくる足音に愕《おどろ》いて恵子の傍を離れた。部屋から廊下にすべり出た彼は、わざと足音を立てて久子が来る方向とは反対に行ったではないか。久子の言うことは嘘だった。嘘というよりも恵子にカマをかけている。

「わたし、何も知りませんわ」

恵子は答えた。いつか、その微笑も冷たい皮肉なものに変っていた。

「知らないというのは、やっぱりあんたが睡っていたというわけ?」

久子はじわじわと責めてきた。恵子の答えの中の不合理な部分を発見しようと企《たく》らんでいる。

「そうなんです。疲れたせいか、本当に何も覚えていません」

「あんたも、のん気な人ね」

久子はあざ嘲《わら》った。

「男の人があんたの蒲団《ふとん》の中に入り込んでも分らないわけね?」

「先生、少し、お言葉がひどいようですわ」

恵子が言い返すと、久子は険しい眼になったが、唇の端に引き攣《つ》ったような笑みを漂わせた。

「あら、そうかしら」

「そんなことまでおっしゃらなくてもいいと思いますわ。わたしは先生を頼りに今後のことをご相談にあがったんですわ。先生と大村さんの件のトバッチリを受けるなんて迷惑ですわ」

「ずい分、立派なことを言うじゃないの」

久子も恵子の言葉に嚇《かっ》となったらしかった。

「あんたは今までわたしにそんな口を利いたことがないわ。女も一度結婚すると、ずい分、厚かましくなるのね」

恵子はだまって久子の顔を見ていた。

「ね、そうでしょう？　あんたが男の入ってきたのを知らないということはないわ。どんなに強情なことをいっても、わたしも作家ですから直感で分るの」

久子も昂奮《こうふん》したらしく、言い募ってきた。

「先生、でも、それはご無理ですわ。本人のわたしが言っているんですもの。あんまり妙なことはおっしゃらないで下さい」

恵子もばかばかしいと思いながら、感情がこみ上ってきた。

「よく、そんな口をわたしに利けたものね。あんたを見損ったわ。人の家にくる早々、初対面の男をすぐ誘惑するんだから」

「何だか知りませんが、そんなふうにカングらないで下さい。いくら先生のいい人でも、あんな男はわたしのほうでご免ですわ」

「恵子さん」

久子は突然声をあげた。

「お帰り。すぐこの家を帰って頂戴《ちょうだい》――」

久子の細い眼はつり上っていた。

「おっしゃるまでもありません。帰らせていただきます」

「ふん。そんな根性だから亭主に追い出されるんだよ。なんだ、まだ若いくせに度胸と口だけは一人前だわ」

久子は自制を忘れて喚《わめ》いた。

二章　新しい道

1

井沢恵子は自分のアパートに戻った。正確には昨日までは別れた夫との共同のアパートだった。

昨夜ここに直行して戻る気がしなかったが、今日はあと片付けのこともあった。それに早速新しいアパート捜しである。

今後の身のふり方を相談に梶村久子の家に泊ったが、思わない結果になった。久子の嫉妬《しっと》は相当なものだった。久子はこれまで何度か、男から男への遍歴を続けているが、彼女のほうがいつも対手《あいて》から捨てられていくという噂だった。その原因の一つが分ったような気がした。

あんな調子では、どんな男でも長続きはしないであろう。現在は大村隆三という「評論家」を対手にしているらしいが、あれもいつまで続くだろうか。

大村も浮気な男だから、いつ久子を捨てるかもしれない。いや、恵子の部屋に大胆に侵入してきたことも、すでに久子を倦《あ》いているからに違いない。久子も彼の浮気な性格を知っているからこそ、恵子に言いがかりをつけたのであろう。——中年女の男への執着と、若い女への嫉妬が露骨に見えていた。

久子に頼ったのは、あるいは雑文の仕事でも世話してくれるかもしれないという考えだったが、いまさら自分の甘さに気がついた。人に頼るべきではなかったのだ。

貯金は五十万円ぐらいしかなかった。今度はもっと狭くて、貧しいアパートに引越そう。ここに置いてある整理簞笥《だんす》も、洋服簞子も、三面鏡も売り払って次のアパートへ入居する資金にしよう。

恵子が衣類を出して片付けたり、ぼつぼつ荷造りをやっていると、ドアにノックが聞えた。

出てみると、それは管理人だった。

「今日は」

管理人は不精髭《ぶしようひげ》に笑いを浮べて立っていた。

「この前から相談しようと思ってたんですがね。昨夜伺ったんですが、お留守だったもんですから」

廊下から自分の身体を勝手に中に入れようとしたので、恵子はその前に立ちはだかった。

「ご用はなんでしょうか?」

「へえ。ほかの部屋の方には大体お話しましたがね。申しかねますが、来月から部屋代を五千円ずつ上げることになりましてな」

「……」

「いや、本当に申しわけございません。いろいろと物価が上りましてな。わたしたちもここの持主に三か月ぐらい前からいわれておりますが、どうも切りだしづらくて今まで待っていたような次第です。ほら、早い話が電気代や水道代にしてもだいぶ高くなりましたからね。そんな具合いで眼に見えないところから物価が上っています。そこで……」

あとを続けようとしたので、

「おじさん」

と、恵子は制《と》めた。

「わたし、今月いっぱいでこのアパートを出ますわ」

「え？」

管理人は瞬間、恵子の顔を眺めたが、

「そいじゃ、旦那《だんな》さまがどこかに転勤ですか？」

「そんなことじゃありませんわ……とにかく事情があるんです」

管理人は、恵子の「事情がある」という言葉をうすうす察していた。姑《しゅうとめ》が毎晩のように若夫婦の間に割り込んで泊り、ときどき大きな声を出す。この前は殊に言い募るのが激しかった。恵子は自分のことがアパート中の評判になっているのを知っている。

「長い間お世話になりましたけれど、そんなことですから」

「分りました。そうですか、よそにお移りになるんですか……今度はどちらへ？」

管理人は訊《き》いた。

「まだ決っていませんの。今から探しに出ようと思っていますが、さし当って不動産屋に行ってたずねてみようと思っています」

「それは、それは。忙しいことですな。じゃ、お家賃の五千円値上げはお宅に関係がないわけで。では、隣りに回りましょう」

管理人は黄色い歯を出して笑った。

彼が外に出て十分くらいしてからだった。

ドアにまた軽いノックがした。

恵子は管理人が用事を思い出して戻ってきたのかと思い、ドアの傍に急いできて開けた。

外の狭い空間に突っ立っているのは、管理人ではなく、代りに眼鏡をかけた赧黒《あかぐろ》い顔の四十男だった。

「あっ」

恵子は口の中で叫んだ。瞬間に身体が硬くなった。

「やあ、昨夜はどうも……」

大村隆三はいかにも親しそうに恵子に笑いかけた。

大村は粗いチェックの格子《こうし》縞《じま》の古外套《オーバー》をきていたが、よごれたワイシャツの前には昨夜と同じような色の褪《あ》せた茶色のネクタイを締めていた。

「ここにお住いと聞いたものだから、すぐそこまできたついでに、早速伺いましたよ」

大村は髭剃《ひげそ》りあとの濃い顎《あご》を動かした。

「ちょっと、お邪魔してもいいですか？」

恵子が答える前に、大村の身体はドアをすり抜けて入っていた。恵子は息をのんだ。大声を出して、帰って下さいと叫びたかった。しかし、大村はもう靴を脱ぎかけている。彼女が拒否する時期は遅れていた。大声を出せば隣室に管理人が家賃のことで話し込んでいるから、また何か起ったのかと思われそうだった。瞬間の羞恥《しゅうち》が彼女を気おくれさせた。

しかし、話の都合では大村を追い出す決心だった。それだけの気持をこちらが持っていればいいと考え直した。

彼女は入口のドアを開け放したままにして、大村隆三を座敷にあげた。しかし、それは招じたというよりも、大村が大威張りで彼女に案内させたといったかたちに近かった。大村は二、三十回もこの部屋にきたような態度だった。

彼は外套《オーバー》を脱ぐと、畳の隅に皺《しわ》だらけにしてまるめて放り、恵子の出した座布団の上にあぐらをかいた。

恵子はとにかく挨拶《あいさつ》しなければならなかった。それにも、大村は、やあ、やあ、といって笑っているだけだった。昨夜の行動など、ちっとも気にしていない平気な顔つきだった。

恵子は狭い台所に立った。ガスに火を点《つ》け湯を沸した。

ガスコンロの青い炎を見つめながら、大村はなぜここに突然来たのかを考えていた。

彼は多分懸命になって、このアパートを捜して来たことであろう。

恵子が茶を汲《く》んで座敷に戻ると、大村は小さな食卓の前で勝手にあぐらをかいていた。

「どうぞ構わないで下さい」

彼は脂気のない長い髪をばさばさ掻《か》いて言った。

「なかなか、いいお住いじゃないですか」

彼は面白そうに部屋の中を見回していた。

恵子は黙っていた。何か返事を言うと、大村がそれをひっかけて図にのってきそうだった。

「ここに、別れたご主人と一緒にいらしたんですか?」

彼はずばずばと訊く。

「ええ」

昨夜、久子といっしょに彼にも話しているので否定するわけにはいかなかった。

「惜しいですな。ぼくだったら、こういう気持のいい部屋からおン出たくないですがな」

大村はそんなことを言った。

一体、なんの用事で来たのだろうか。大体、彼の下心は分っているが、早いとこ用件だけを聞いてここから帰ってもらいたかった。

「そうそう」

大村も恵子の顔色を察したように話を変えた。要領がいいのだ。

「あなたは梶村久子女史の家を何時ごろ出ましたか？」

「十時過ぎでしたわ」

この男は今朝早く、女史の家から帰っている。が、大村は少しも照れてはいなかった。

「女史は、今朝、あなたに何か言いませんでしたか？」

大村は顔を突き出して訊く。さすがに昨夜のことを気にしていた。それで、久子から文句がついたのではないかと察しているのだ。

彼は久子の性格をよく呑《の》みこんでいるらしい。

「ええ、少しばかり嫌味を言われましたわ」

恵子は、ここでなまじっか隠すよりも、ありのままを言ったほうがいいと思った。大村にも久子にも遠慮することはないのだ。それで、大村が来なくなればかえって好都合である。

「ほう、どんなことを言いましたか？」

大村はまるで他人事《ひとごと》のように、興味津々といった顔つきで湯呑みを抱えていた。

「なんですか、大村さんがわたしの寝《やす》んでいるところに夜中にきたんだといって、先生からとても怒られましたわ」

恵子は歯に衣《きぬ》をきせないで言った。ところが大村は、太い黒ぶちの眼鏡の奥で眼をまたたかせただけで、寸毫《すんごう》も臆《おく》する気色《けしき》がなかった。

「へえ、女史はそんなことをいいましたか?」

と、ケロリとしている。

もしかすると、この男は忍び込んできたとき、彼女が睡っていて知らなかったと本気に思っているのかも分らなかった。

つまり、彼は、それを幸いに自分の都合の悪いところは頬被《ほおかぶ》りするつもりなのだ。

「いや、それはとんだ濡衣《ぬれぎぬ》でしたね」

大村は大口を開けて笑った。恵子が呆《あき》れたくらいだ。

「いや、梶村女史はね、大へんに嫉妬《しっと》深い女でしてね。同性に対しては悉《ことごと》く色目で見るわけですね。それに独占欲が非常に強い」

大村は思わず口をすべらした。

大村は、すぐそれに気づいてか、

「いや、誤解されると困りますが」

と、少しうろたえて言い足した。

「そう言ったからといって、なにも、ぼくと久子女史との間に何かあるというわけじゃありませんよ。普通の付き合いですからね。そりゃぼくは女史の家に泊りましたよ。だが遅くなった上に酔っぱらったので、女史から無理に泊らせられたんです。ぼくは全然潔白ですよ。二階でも全然別間でしたからね。朝、起きてみて気づき、びっくりして飛び起き、すぐ帰ったような次第です」

「失礼ですが」

恵子はいった。

「そんなことは、わたしには関係ありませんわ」

「それはそうです」

大村は今度は泰然として言った。

「それは、あなたに関係のないことです。ですが、久子女史は邪推の幻影をいつも追いかけているような人です。まるで妄想に取り憑かれているようなところがあります。自分の邪推がいつの間にか事実だと信じこむんですね」

恵子は、大村のしゃあしゃあとしたしゃべり方に感嘆した。ここで、わたしだってあなたが忍び込んできていたのを知っていましたよ、と言ってやったらどんな顔をするだろうか。

「女史のそういう気持がどこからきているか知っていますか？」

大村は恵子に質問した。

「知りませんわ」

「それはね、女史の焦りからきているんですよ」

「………」

大村が急に久子の内面にふれたので、恵子も少し興味を覚えた。

「梶村久子といえば、二、三年前は女流作家としては珍しいくらい男のような太い筆致で、社会的な題材を書いていたので、かなり珍重がられました。ところが、たちまちネタにつまってしまったんですよ。そうすると、彼女の粗い筆が欠点となって大きく目立ちましてね、いつの間にか小説の注文がこなくなったんです」

恵子は聞いていて、それはその通りだろうと思った。

「そこに、才能のある若い女流作家がぞくぞく登場してきたので、余計にいけなくなったんです。いまでは、随筆とも雑文ともつかない注文や、芸能人とのインタビューや、そんなことが多くなりました。まあ、小説家は小説を書かないと気持まで荒廃しますからね。それに、あの気性ですから、自分が落目になると非常に焦ってくるわけです。その焦慮がいつの間にか、異常心理になったんですな。もともと男性遍歴を経た人ですから、男女間の関心が非常に鋭いわけです。というと、上品な言い方ですが、要するに、嫉妬深いわけですよ」

恵子はその大村の話を聞いているうち、もしかすると、この男は久子のその弱点につけ入って、彼女の身体を奪ったのではないかと思った。

大村は、太い黒縁の眼鏡を鼻の上からはずして、息を吹きかけながらハンカチで拭《ふ》いている。

一体、この大村は、そんな話を聞かせにここに来たのだろうか。それとも自分の体裁を作りにやってきたのだろうか。

また、梶村久子がどのようなことを恵子に問い、恵子がどんな返事を久子にしたか、それが気になってやって来たのだろうか。

そのすべてとも言えそうだった。大村は口では否定しているが、久子とまだ関係をつづけているらしい。何と言っても、大村よりは久子のほうが収入が多い。だから、大村としては金銭の面でも久子から離れるのは損なわけだ。

この調子だと、大村は久子にいいようなことばかりをへらへら言って、適当に愉《たの》しみ、適当に金を絞っているようだった。そのため、恵子が久子にどんな返事をしたかは彼にとっては重大であろう。

そこまで推定すると、恵子の気持も少し楽になった。すると、大村が急にさほど怕《こわ》くはなくなってきた。

女は、男がどこかで自分よりも劣っていると知ると、忽《たちま》ちどこかで軽蔑《けいべつ》するものである。

「梶村先生からは叱られましたが、わたしは何も大村さんのことは言いませんでしたわ。だって、わたしには身に覚えのないことなんですもの」

恵子は言った。

「そうですか」

大村は途端にニッと笑った。それから、磨き上げた眼鏡を自分の眼に戻した。

彼はその眼鏡の奥から、改めて恵子の顔をじっと眺めた。

「ぼくはあなたに、どうやら迷惑をかけたようですな」

「あら、どうしてですの？」

「だって、あなたは旦那《だんな》さんと離婚して、その足で久子女史を訪ねたんでしょう。聞けば、一年間、あなたは久子女史のところには寄りつかなかったそうじゃありませんか」

「…………」

「仲人《なこうど》でもなく、また、それほど親しく往来していない久子女史のところに、あなたが離婚した晩に駆けこんだ理由は、ぼくだっておよそ想像がつきますよ」

恵子ははっとなった。大村は案外洞察力を持っている。

「これからの身の振り方の相談でしょう？　あなたはむかし文学少女だったそうですが、もしかすると、久子女史のところに文章の仕事がないかと頼むつもりじゃなかったんですか？」

恵子は本心を突かれた。

「それごらんなさい」

大村は彼女の顔をのぞいて急ににこにこしはじめた。

「それに違いないでしょう。遠慮することはありませんよ。誰だってあなたのような立場になれば、そう思い立ちますからね」

「でも、あんな結果になったし、そっちのほうは諦《あきら》めました。これからは別の口を見つけます」

「そんな気の弱いことでどうします」

大村は叱るように言った。

「あなたは別の口を見つけると簡単に言っていますが、そうザラにあるもんじゃありませんよ。ほら、新聞の案内広告を見ても分るじゃありませんか。女の求人といえばお手伝いさんか、バーのホステスに決っています」

それは大村に言われるまでもなかった。恵子もよく分っている。

「そんなものはあなたには向きません。といって、ほかには生命保険の勧誘員がせいぜいですよ。これはなかなかむずかしいですからな。会社の課したノルマを達成しようというのは、大へんなことですよ」

いちいちもっともな話である。恵子もいつの間にか大村の話の中に自分がつり込まれていた。

「あなたはせっかく文章が書けるんだから、やっぱりそのほうへ行くべきですな。その特長を生かしたほうがいいですよ。収入もずっと多いし、もともと好きな道ですから張合いもある。仕事をするには張合いが第一です」

「でも」

恵子が言った。

「そんな口はなかなかありませんわ。そりゃ文章は下手ですけれど、好きなことですから、努力をすれば人並みにはついて行けそうな気もします。でも、わたしにはそんなコネもないし、頼る人もいません。せっかく相談しようと思った梶村先生には、ああいう結果になるし……」

「さあ、そこですよ」

大村は膝《ひざ》を乗り出した。

「その点で、ぼくはあなたに大いに責任を感じているというんです。昨夜、ぼくさえいなかったら、あなたのその希望は達せられたわけです。今日、こうしてお訪ねしたのは、実はそのお詫《わ》びと……」

「あら、謝っていただくことはありませんわ」

「いや、まあ、聞いて下さい。とにかく、すまないという気持です。で、そのことでもしぼくがお役に立つようでしたら、あなたの希望の線に沿いたいと思うんですが」

「何ですって？」

恵子は、太い眼鏡の奥から自分を見つめている大村を見返した。

「あなたが、わたくしの職を見つけて下さるんですか？」

恵子は皮肉に笑おうとしたが、顔の表情はその意志を拒絶した。万一……万一、そういう仕事がこの人の手で紹介してもらえたら。

やはり、これから先の生活が不安なのだ。その不安が恵子に大村の次の言葉を待ち受けさせた。

「ぼくは、今朝、久子女史があの剣幕だから、あなたがてっきり女史に虐《いじ》められたと思ったんです。やっぱりその想像は当りましたがね。ですから、今日はあなたのことを各出版社の連中に売込んできましたよ」

「え？」

恵子は眼をみはった。大村は赤黒い顔をいささか得意そうにしていた。

「少し出過ぎたことかもしれませんがね。なに、あなたがそんな必要がないと言われれば、それでもいいんです。あれは先方の都合が悪かった、と断ればいいんですからね……どうです、それをやる気はありませんか？」

「だって」

恵子は大村の言葉を一方では警戒しながら、一方ではその仕事の口の話を求めていた。

「まだ、どんなお話か伺ってませんわ」

「それを今から話します。一つは週刊誌の嘱託ですよ。いや、正式な嘱託ではなく、初めは試用ですがね。要するに、家庭欄とか、婦人欄とかのコミ記事を少し書いてもらって様子を見たいというんです。もちろん、試作品にも原稿料をちゃんと払うそうです」

大村は、その癖で太い黒縁の眼鏡を指先でずり上げながら、

「その週刊誌の編集長は、ぼくの友だちですからね。気楽に考えていいんですよ。嫌だったら、途中でよしても平気なんです」

と、しきりにすすめた。

「でも、わたくしにそれが書けますかしら？」

恵子は、いい話だと思った。大村の言う通り、新聞の案内広告は、バーのホステスか、お手伝いさんかである。でなかったら保険の集金人だ。ただ、少々不安なのは、仕事のことよりも、むしろ、この大村の口利きという点である。

大村がその話をすでに先方とつけてきたと言ってここに駆けつけたのも、明瞭《めいりょう》にその下心が読み取れる。大村のさっき言った口実が、今の自らの言葉で割れている。

それにしても、なんと敏捷《びんしょう》なやり方であろうと、恵子は感歎《かんたん》した。昨夜のことがあって、早速、これだ。

「原稿料の点も参考のために言いますとね」

大村は恵子の顔色を読むようにしてつづけた。

「新しい人だし、家庭欄の雑報ですから、大したことは払えないでしょうが、一回について四万円出すと言っています。ですから、一か月四回で十六万円です。まあ、初めは少いですが、いよいよ本採用と決れば、月給にしてもっと出してくれると思います。月給が嫌だったら、原稿料計算でもいいんですよ」

結構な話だった。どこに飛びこんでも、すぐに月十六万円という収入にはならない。

「どうも、自信がありませんわ」

恵子は一応言ってみた。

「なに、初めは誰だって同じことです。それに、取材をしてくるのがほとんど主な仕事ですからね。カンどころを覚えれば、楽ですよ。文章だって、慣れないうちはデスクでリライトしてくれます」

「その取材のほうだって、先輩が要領を教えてくれるし、社名の入った名刺を持って行けば、どんな料理や美容の大家でも、喜んで会ってくれます。そりゃ楽なもんですよ」

「……………」

何もかも結構ずくめだった。

しかし、恵子はうかつには返事はできない。やはり大村の性格が気にかかった。明らかに、この男はそれを餌にして自分を釣ろうとしている。

だが、ほかに何の準備が自分にあるだろうか。何一つ無いのだ。

そうだ、大村の話に一応乗ってみようと恵子は思った。こちらさえ、しっかりしていればいい。彼のことは十分に警戒しておくのだ。用心してかかれば、大村の手に乗ることもあるまい。

大村のことは、その人間性がはっきりとしているだけに、かえってやりやすい。ときには、彼のその生活を逆手に取ればいいのだ。

恵子は心を決めた。

それに、大村の話から、急に未知の世界が眼の前にひらけたように思える。いやな一年間の結婚生活の暗い隧道《すいどう》から、初めて広びろとした天地に脱《ぬ》け出たような思いもあった。

「大村さん」

恵子は顔を上げて言った。

「わたくしに自信はないんですけれど、そのお話、お願いしますわ」

2

「週刊婦人界」の発行元は水道橋《すいどうばし》の近くにあった。社屋は表通りに面して三階建だったが、この社は週刊誌のほかに単行本や雑誌を出している。

恵子が、受付の女の子に週刊の山根さんに会いたいというと、受付は電話で都合を訊《き》いていたが、三階に上ってすぐ右側の応接間に入っていて下さい、と言った。受付の女の子が三人、一斉に彼女の後ろ姿を見送った。

社屋はあまり立派でなかった。方々の壁に出版物のポスターが貼りめぐらされてある。階下は営業部になっているらしく、二階廊下の両側の部屋に編集部の名札が出ている。三階の階段を上りきったところに応接間がある。椅子のスプリングも効かない。

大村が言ったのは、山根という編集長に会うようにとのことだった。

恵子はそこで二十分近くも待たされた。窓から後楽園《こうらくえん》のナイターの鉄塔が真向いに見える。

今朝、大村はあれからすぐに帰った。

勿論《もちろん》、彼女に何をするでもなかった。もっとも、はじめて来て下手な真似が出来ないのかもしれない。

昏《く》れかけた街に灯が入っていた。夕方を指定されたのは、先方がそのころでないと手があかないという理由だった。実際、こうして待っていても、ドアの外の廊下を靴音が忙しく往来していた。

女の子が運んでくれた茶が冷えかかったころ、ようやく応接間のドアが開いて、顔の長い、眼鏡をかけた四十二、三くらいの男が入ってきた。縮れた頭髪が特徴的だった。

「お待たせしました。ぼくが山根です」

彼は濃紺の背広をきて、清潔なカラーの下にきちんとネクタイをしめていた。大村は自分の友人だと言っていたが、およそ彼の関係からは想像ができない身装《みなり》の男だった。

「大村さんから確かに話がありました」

山根は、恵子の真向いに坐《すわ》って言った。

「なにかお書きになったものをお持ちですか？」

恵子は単純に、いいえ、と言ったが、はっと気づいた。山根のこの質問と、大村の言葉とには開きがある。大村はそのハッタリで、もう話が出来たように彼女に伝えたのだ。

しかし、まさかそんなことも言いかねるので、

「大村さんからは特にそういうことを伺っていません。ただ、山根さんにお会いしてお仕事のことをよく聞いて来なさいと言われました」

山根はそれを聞くと嫌な顔をした。

「また、あの男、いい加減なことを言ってるな」

彼はそう呟《つぶや》くと煙草を出した。

「大村さんの話では、あなたもいろいろと書いていらっしゃると聞きましたので、ぼくのほうとしては、一応、それを拝見したいんです」

山根も、大村と恵子の話に喰《く》い違いがあるのを察したらしかった。彼はひとりでうなずいた。

「失礼ですが、あなたは大村さんとどういうお知合いですか？」

山根は遠慮がちに訊いた。

「実は、昨夜、お目にかかったばかりなんです」

「昨夜？」

山根もちょっと呆《あき》れた顔をした。昨夜知り合っただけで、もうこの女は大村の言葉を信じて、のこのことここへ仕事をもらいにやってくる、いかにも図々《ずうずう》しい女だ、と言いたげな表情だった。

恵子は山根の顔にその気持を読めた。

「それには、少しわけがあるんです」

彼女は一応弁解しなければならなかった。

「わたしが大村さんにはじめて紹介されたのは、昨夜、梶村久子先生のお宅なんです」

「ああ、梶村さん……」

編集者は、もちろんその女流作家の名前を知っている。

「なるほどな」

　この、なるほどな、と呟いた言葉には、特別なニュアンスがあった。つまり、この山根も、梶村久子と大村隆三との関係を知っているに違いなかった。山根の表情は複雑になり、それを隠すように手もとの煙草を取り上げて、うつ向いて口に咥《くわ》えた。

　恵子は自分までが恥ずかしくなった。人の眼には、梶村久子と大村との間に自分までがその中に入っているようにみえるのかもしれぬ。

「わたしは、梶村久子先生のところに一年ぶりで伺ったんです」

「ほう」

　山根はちょっと意外という顔をした。

「率直に申しますと、わたし離婚をしまして、その後の生活の相談に先生のお宅に伺ったんです」

「はあ、あなたは奥さんだったんですか？」

　山根は、恵子の顔を改めて見つめた。

「事情があって夫と別れたんです。そんなことで一年ぶりに伺った梶村先生のお宅に、ちょうど大村さんがいらして、先生から紹介を受けたんです」

「では、そのときに大村さんがこちらの話をしたわけですね？」

　そうではない、それは今朝アパートに話を持ち込んできたのだ。だが、まさかそんなことを初対面の山根に言えなかった。

「先生にお話したのを、大村さんが聞いて、今朝、わたくしのアパートに電話して下さったんです」

「そうですか。実は、ぼくも今朝早く自宅に大村さんから電話がかかってきましてね、こういう人がいるから一度会ってみてくれというんです……あなたの聞いた話とぼくが聞いた話とはそこで違っているわけですな」

それは山根の話が常識なのだ。殊に、山根は大村から電話で恵子のことを聞いただけだという。そんなことで、どうしていきなり恵子に原稿を書かせるわけがあろうか。

「ご迷惑かけたと思います。この話はこれで遠慮させていただきますわ」

恵子は椅子から起《た》とうとした。

「いや、ちょっと待って下さい」

山根は何かを思いついたように彼女を引き留めた。

「まあ、ちょっと、そこに坐って下さい」

山根は、椅子から立とうとした恵子を落着かせた。

「どうも大村君との話がくい違って、ぼくもこのまま、あなたに帰られては後味が悪くなるような気がしますよ」

山根は気の毒に思ってか、そんなことを言った。

「大村君からちょっと聞いたんですが、あなたは高野秀子さんの秘書をやっていたそうですね？」

「はい、秘書というわけではありませんが、走り使い程度です」

恵子は答えた。

「それは、雑誌社との交渉とか、身の回りの世話とか、そんなことですか？」

「大体、そういった仕事です」

「原稿の清書をなすったことがありますか？」

「ございます。わたくしのは高野さんの晩年ですから、亡くなられる二年ぐらい前です。ときどき、辛《つら》くなってよそうと思ったんですが、先生が離してくれませんでした」

「辛いというのは？」

「はい。ご承知のように、晩年の先生はああいう状態になられたので、ときには非常識なことをおっしゃるんです。でも、先生に頼まれると、みんなが離れて行った孤独な姿に、つい、同情して付いてあげたくなるんです」

「すると、高野さんの最期まであなたがみられたわけですね」

「はい。そういうことになりました」

「なるほどね」

山根は恵子をしばらく見ていた。その眼には一種の感動といった色が現われていた。

「あなたは、気の優しい人なんだな」

彼は言った。

「いいえ、かえって、気は強いほうなんでしょう。ですから、最期まで高野先生をみることになったんですわ」

「それは、ほかの人が高野さんを見捨てたから、それに対する義憤といったものですか？」

「それもありました。でも、本当は先生が可哀想になったんです。一時は売れっ子だった人が、病気のためとはいいながら、あんな状態になると、誰も対手《あいて》にしなくなったんですもの。別な言い方をすると、その同情が周囲の冷たい人への反感になったのかもしれませんわ」

「なるほどな」

山根は煙草を喫っていたが、

「あなたは、高野さんの世話をしていたとき、小説の代作をやったことはありませんか？」

「それだけは、高野先生は絶対におやりになりませんでした」

「あなた自身で、小説を書いたことは？」

「ずっと前にはございましたが、とても才能がないと思って、そのほうは諦《あきら》めました」

「では、ほかの随筆だとかいうようなものを書いたことがありますか？」

「それは、ございます」

「それは印刷になっていますか？」

「ございません……ただ、先ほど先生の代作はしないと申しましたけれど、それは、小説に限ったことで、気楽な随筆めいたものは、ときどき、わたしに言いつけておられました。晩年になると小説の注文はなくなり、そんな雑文ばかりになったので、先生もペンをとることが辛くなったのでございましょう。そういうものは、わたしも引受けさせていただきました」

「それは、高野さんのどういう作品ですか？」

山根は訊《き》いた。

「はい……」

恵子が言うと、山根は彼女が挙げたいくつかの作品の名を自分の記憶の中から探るように眼をつむっていた。

「ああ、〝高原の秋〟というのがそうですか？」

山根は眼をみはって恵子を見た。

「はい。あれは、高野先生のイメージに合わせるように、わたくしが勝手に作りました。お恥ずかしいような文章ですわ」

「いやいや、決してそんなことはありませんよ。あなたから聞くまでは、てっきり高野さんのエッセイだと思っていました。しかも、高野さんの随筆の中では、ひどくみずみずしい佳品だと思って感心して読んだものです。だから、今でもその題名を言われると、その内容が思い出せるんですよ」

山根の眼は輝きを帯びた。

「それから、今お挙げになった〝小さな城下町にて〟というのも、心に残っていますね。あれはどこをお書きになったのですか？」

「はい。山口県に萩《はぎ》という小さな城下町があります。そこのことですわ」

「そうそう、そんな名前でしたね。あれも佳《よ》かった」

山根はさすがにいろいろなものを読んでいる。

「しかし、おどろきましたな。まさかあなたが書いたとは思いませんでしたよ。そういえば、あのとき高野女史の病気がかなり進行していて、小説のほうはすっかり駄目になっていましたが、エッセイになると見違えるように立派なので、実は不思議に思っていたんですが、いま、あなたの話で、やっと納得がいきました」

「でも、わたくしは高野先生から命令されたんですけれど、なんだか、先生の文学を汚したような気がしますわ」

「そんなことはありません。そりゃかえって高野さんの晩年の作品を救ったようなものですよ」

山根はそんなことを言って、

「それを聞いて、ぼくもあなたに仕事を出したくなりました。いや、お願いしたくなったんです」

「あら」

「ああいう文章を書かれる人なら、大丈夫だと思います。先ほど見本を持ってきて下さいと言ったのは、取消します。失礼しました」

「そんなふうにおっしゃられると困りますわ。それはわたくしを買被《かいかぶ》っていらっしゃるんですわ。わたくしとしては、見本を書いて、それで採否を決めていただいたほうが、ずっと楽なんです」

「どちらにしても同じ結果だと思うな」

山根は言った。

「では、こうしましょう。先ほど家庭欄と言いましたが、これは取材のこともあるし、要領もあるので、すぐには間に合わないと思うんです。それで、近ごろの盛り場の女性の生態というか、そんなテーマで、スケッチ風に三枚ほど書いてくれませんか。写真のほうは、適当にうちで撮って挿入しますから」

「でも、それは困りますわ」

恵子は慌てて断わろうとしたが、山根は曾《かつ》て自分の読んだ彼女の代作の記憶をあたまから信用しているようだった。

しかも、その随筆には、採用の如何《いかん》にかかわらず原稿料を出すというのだった。

恵子が礼を言って起とうとすると、山根も腕の時計を見た。

「ああ、もう六時だな」

彼は恵子を誘った。

「お茶でも喫《の》みませんか？　ちょうど、何か喫みたくなったときですから」

　恵子がためらっていると、

「これからも、たびたび、ここに足を運んでもらうことになるし、お茶を喫む場所ぐらい覚えておいたほうがいいですよ」

　と言った。気さくな笑い顔だった。

　無理に断わるのもどうかと思って、恵子は山根のあとに従うことにした。彼は机の上のザラ紙に「ハイチ」と書いた。どうやら喫茶店の名前らしかった。

　どんな洒落《しゃれ》た店かと思っていると、山根が伴《つ》れこんだのは、社屋から二軒目ぐらいの侘《わび》しい喫茶店だった。片隅に三、四人青年たちが集っていたが、山根の顔を見ると、みんな目礼した。彼らの眼はうしろに従っている恵子の顔に流れた。

「あなたは何を喫みますか？」

　山根は席へ着いて訊いた。

「お紅茶を戴《いただ》きます」

　髪をうしろに垂らした女の子が、

「山根さんはコーヒーですね？」

　と訊いて、皓《しろ》い歯を出して笑っていた。

「ここは、社の者の溜《たま》り場《ば》なんですよ」

　山根が恵子に説明した。

「うちの社は、まだよそ並みに食堂を持ってないんです。昼になると、その辺にライスカレーを食べに行ったり、六時頃になると、こんな所に来たりするんです。それでも、忙しい仕事の合間にここでコーヒーでも喫んでいると、結構、贅沢《ぜいたく》な店に入った気分になれます」

山根はそんなことを言ったが、その実感も恵子には素直に受取れた。

「ところで、最初に書いていただくテーマですがね。ただ漠然としたことでは、あなたもポイントが摑《つか》めないでしょうから、一応、こちらの狙いを言いますと……」

恵子は用意したメモを取り出して、それを記《つ》けた。山根の言うことと、恵子がテーマを出された瞬間に考えたことは、大体、一致していた。

だから、なんだか楽にそれは書けそうに思えた。

仕事の話が一応終ったときに、茶が運ばれてきた。

「ところで、もう一度伺いますが」

山根はコーヒーを一口すすって言った。

「例の大村君のことですが、あの男はあなたを紹介したつもりでいるから、今後、何かとあなたのことで発言権を持つんじゃないかと思うんです。そこで、ぼくのほうとしては大村君には付かず離れずという態度をとっているので、あんまり煩《うる》さく何か言われると困るんですよ」

「それは、わたくしは一向に構わないと思います」

彼女も事務的に答えた。

「大村さんとは、さっきお話したようなことでお知り合いになったのですが、これから先のことには、わたくし一人だけで歩きたいんです」

「それを聞いて安心しました……今だから言いますが、大村君はあんな男だから、あなたも彼と何かの因縁があるんじゃないかと想像したんですよ」

3

恵子は雑誌社を出て、街を歩いた。灯がついていた。

新しい仕事に就けたのは、やはり心が安まった。しかし、不安もある。今日会った山根という編集長はかなり好意的だったが、仕事の面になると、むろん、好意とは別になってくる。あくまでもそれは実力なのだ。

殊に家庭欄のような場所は書き手も多いし、競争も激しい。目新しいアイデアと、新鮮な文章が要求される。今まで他人が書いているようなものを書いていては、新人としては出にくいのだ。

そんなことは、高野秀子の秘書をしていたお蔭《かげ》で、多少とも恵子には分っていた。ジャーナリストというのは、表面上のつき合いはいいが、また冷酷な一面もある。役に立たないとなると、平気で棄ててしまうのだ。

世間ではまだ、執筆者と編集者との関係を、日ごろのつき合いだとか、懇意な交際のつながりだけで考えているが、実際はそんなものではない。殊にこのように雑誌がふえてくると、雑誌社同士の競争が激甚となり、いきおい執筆者の選択が厳しくなってくる。私交上の親密というのは当てにならないのだ。

恵子は初めて有楽町《ゆうらくちょう》のレストランに入って、一人で食事を摂《と》った。今日は自分自身で前祝いのつもりだった。何もかも出直しだった。生活も、仕事も、それから自分のこれからの人生も——。

食事を摂りながら、昏《く》れかかった窓の外を見ると、下の通りには通行者が混み合って歩いていた。勤めから帰る人、遊びに出かける人、買物をする人。こちらから外を見ていて、その人たちの表情で、何となくその生活が分るような気もする。疲れた顔には重い生活を感じさせ、明るい顔には享楽的な生活を想わせる。

だが、重苦しい生活にしても、快活な生活にしても、みなそれぞれに生活というものがしっかりと彼らを捉《とら》えていた。

そういう点からみると、恵子の今の生活は不安な限りだった。雑誌社に原稿を持って行くといっても、正式な社員でもなく、いつ不要な人間になるか分らない。それは今の雑誌社だけでなく、出版界がみなそうだった。

恵子は、侘しい灯の下で原稿を懸命に書いて、それを雑誌社から雑誌社へ売り込みに歩いている自分の姿を、何となく想像した。

レストランを出た。

べつに行先もなかった。アパートに真直ぐ帰るのもおっくうだった。暗い、嫌な記憶の残っている部屋が、自分の心を忽《たちま》ち閉鎖的にしてしまう。

せめて仕事の話の決りかけた今日だけは、明るい気持で過ごしたかった。不安なことを考えると際限《きり》がない。どうせ、女一人で東京の中を泳いで行こうというのだ。暗い面だけに眼を向けていても、心が萎縮《いしゅく》するばかりだ。

彼女は街を歩いた。自然と眼が仕事のそれになってくる。ぼんやりと歩いてはいられない、絶えずそこから材料的なものを探さねばならないと思った。

だが、こうして一切の束縛から放れて一人で歩いて行くということは、なんと愉《たの》しいことだろう。不安もあったが、未知の世界へ足を踏み入れたという希望も、たしかに心をふくらませる。

そのとき、彼女は真向いから歩いてくる人に呼び止められた。

「井沢さんじゃないの?」

恵子は立ち停った。正面に彼女に大きな眼を向けているのは、黒っぽいシールの外套《オーバー》を被《き》た背の高い女だった。

恵子はしばらく対手《あいて》の顔を見ていたが、その華やかな化粧の中に、やっと遠い記憶がよみがえった。

「あら」

彼女も声をあげた。

「花房さんじゃないの？」

「やっぱり井沢さんだったわ。でも、わたしはすぐにあなたということが分ったわ」

対手の女は言った。

「わたしは分らなかったわ。だって、ずい分変っているんだもの」

恵子の記憶にある花房登美子の顔は、まだ短くカットした髪で、子供子供した輪郭だった。高校時代には、それほど親しい仲ではなかったが、こうして六、七年ぶりに遇《あ》ってみると、やはり懐しい。それも郷里の富山ではなく、東京の銀座《ぎんざ》の真ン中なのだ。

花房登美子は、恵子の手を握りしめた。

「ほんとに、しばらくね。あなたはちっとも変っていないわ」

「変っているのはあなただわ。だって、いま声をかけられてもすぐに分んなかったんだもの。ずい分、きれいになって……」

恵子は花房登美子の、多少けばけばしいとみえる服装に、すぐ或《あ》る種の職業を感じた。

「恥ずかしいわ」

花房登美子は、うつむいて笑った。

「いま、バーに勤めているの。あなたに隠してもしようがないから言うわ」

「そう」

恵子もすぐにはあとの言葉が出なかった。

「でも、あなたはお仕合せそうね」

登美子が少し離れたような眼の位置になって恵子を眺めて言ったので、彼女は苦笑するよりほかなかった。

「バーって、どこなの？」

「すぐ、そこよ」

登美子は横を向いて指さしたが、その辺は銀座裏の角になっていて、すぐそれと分るような装いの女が、和服と洋服で連れ立って歩いていた。いまごろが彼女たちが店に出る時間なのであろう。

「ねえ、そこでお茶を飲まない？」

登美子は誘った。

「だって、忙しいんでしょう？」

「ううん、まだいいの。久しぶりに遇って、このまま別れるのは辛《つら》いわ」

「あなたさえよければ、わたしは構わないわ」

近くに喫茶店があった。入ってみると、やはり出勤前のホステスらしい姿も席に見えた。この店はそういう客が多いのだ。登美子は女の子に紅茶を頼んだが、始終ここに来ているらしく馴《な》れ馴《な》れしい言い方だった。

「いまのお勤めは相当長いの？」

「そうね。もう三年ぐらい……」

花房登美子はハンドバッグを開けて外国煙草を取り出して、一本恵子にすすめた。

「わたし、いただけないわ」

恵子が断わると、花房登美子は器用な手つきで一本を唇に咥《くわ》えた。

「おどろいたでしょう？」

登美子は恵子に笑った。

「まさか、こんな商売をしているとは思わなかったでしょ」

微笑みの中にも、やはり自嘲《じちょう》がいくらかのぞいていた。

「ううん、あなたは前からきれいだったから」

「どうもありがと」

と首をすくめたあと、

「これでいろいろとあったのよ」

舌の先をわざと軽く歯の間にのぞかせた。

「結局はこんなことをしているの。あなたなんか、その点、素直な人生だったんでしょうね？」

「そうでもないわ」

恵子は答えたが、この友だちにまだ自分の身の上をいう気にはなれなかった。

「で、いまどこかに勤めてらっしゃるの？」

登美子は訊《き》いた。

「いいえ」

「まさか、おひとりじゃないでしょう？」

「残念だけど、ひとりなの」

「ほんと？」

登美子は眼を瞠《みは》っていたが、それは信じていないようだった。彼女のような職業に従っていると、女が独りでいるか、結婚しているのかは見当がつくらしかった。

「では、なにかご商売でもしていらっしゃるの？」

「ううん、そんなことじゃないの……」

恵子は、ふと、この友だちがバーに勤めていれば、いろいろな見聞を持っているに違いないと気づいた。

仕事をもらったすぐあとに、この友だちに会えたことも何か神秘的なつながりがあるようにも感じた。それも新しい職業についた弾みからくる解釈だった。

「本当はね」

恵子は話した。

「わたし、ある雑誌社のライターの卵みたいになっているの」

「ライターって、なに？」

登美子は、よく分らないらしかった。

「ほら、雑誌に無署名で人の噂だとか、どこにうまいものがあるとか、いろいろコミ記事が出ているでしょう。ああいう雑文書きをやるつもりなの。というのは今日決ったたばかりだから」

「そう、あなたは学校のときから文章がうまかったわね」

「そうでもないけど。そんなことをするよりほか食べていかれないのよ」

「結構だわ。やはり才能のある方は、それで身を立てるのが一ばんだわ。わたしの店にもそんな商売の人がたくさん見えるわ」

「そう」

　ここで花房登美子は、三、四人の客の名前を挙げた。それは、かなり名の知られた作家や評論家が混っていた。

「もし、あなたに」

　登美子は親切に言った。

「そんな人を紹介して、それでお仕事が増えるようだったら、いつでも話してあげるわ」

「ありがとう」

　登美子が客を紹介するといったが、恵子はそんな人には興味はなかった。それは、前に高野秀子の秘書になってさんざん知りつくした世界だった。女がそんな人たちにすがると、必ず別な面のつながりが生れてくるのを知っていた。

　恵子はこの学校時代の友だちと話している間に、対手がかなり崩れているのを感じた。登美子自身も、「いろいろとあったのよ」と言った。その短い言葉の中に彼女のその後の微妙な履歴が自然と語られていた。

恵子は高校時代の登美子の面影をおぼえている。だが、いま、眼の前に坐《すわ》っている彼女は、わずか五、六年の間に或る成熟さが顔にも身体つきにも、行き渡っていた。

「ぜひお店にいらっしゃいよ。きっとなにかの参考になると思うわ」

登美子は誘った。

「それは、ぜひ寄せていただくわ」

「そういえば、お店にはほかにも」

登美子は思い出したように、

「あなたと同じように、女性でものを書いている人がくるわ」

「その人、小説家なの？」

「ううん。なんだか知らないけど、あなたと同じような仕事じゃない？　男みたいで、お酒もがぶがぶとよく呑《の》むわ」

「どんな方？」

「三十くらいで、なかなかやり手だから、そのほうでは売れっ子らしいわ。確か、自分ひとりではなく、二、三人で何か書いているみたいね」

どうやら、それは女だけで一つのグループを作り、方々の雑誌社から注文を受けて記事をつくったり、こちらから売り込んだりする近ごろの新しいライター業のようだった。

「それは、いろんな人がくるの」

登美子は話した。

「ちゃんとした実業家もくるし、無理をして通ってくるサラリーマンもいるわ」

「おもしろいでしょうね。そんな世界も」

「飛び込んでみると、それはやっぱり苦労があるわね。そりゃ、堅気な職業に越したことはないわ。はじめのうちは、ずい分情けなかったけど、いまでは別なファイトを持っているの」

「えらいわね。それは、どういうファイト？」

するとと、登美子の眼が輝やいてきた。

「わたしね、実は、近いうちお店を一軒持とうと思っているの」

「へえ」

恵子は登美子に店を出させるだけの後援者が現われたのかと思った。前から聞いていたことだが、銀座のバーに勤めている女性の憧《あこが》れはママになることだという。してみると、登美子の急に弾んだ声も、それで解釈できそうだった。

しかし、ホステスが働いた金を貯めて店を持つということはそうそうあることではない。まさか登美子にはパトロンができたのともすぐに訊けないので、

「あなたも仕合せね」

と当りさわりのないことを言った。
五、六年ぶりに出遇《であ》った、たった一人の友人にさえ、もう自分の知らない人生の歩き方が感じられた。

三章　風

1

恵子は、その晩アパートに帰って原稿用紙をひろげた。

早速、下書きに取りかかるつもりだった。先方からテーマを与えられたが、そのための取材をしていないので、いままで自分が見たり聞いたりしたこと、かねて持っていた考えなどをなんとかまとめてみることにした。

しかし、それがそのまま採用されるとは思っていない。山根が彼女の文章力なり、考え方や着想などを験《ため》すだけであろう。

久しぶりに向った原稿だが、すぐにはペンが動かなかった。準備のないのは情けないことで、書きたいことがあるようで、さて、まとめようとするとみんな詰まらない材料にみえてくる。

恵子はそれでも一時間ばかり考えぬいてメモを取り、構成を工夫した。

とにかく、何か書かなければならないのだ。ようやく一時間ばかりかかって、二枚ばかり書き進んだころ、ドアにノックが聞えた。

恵子は、はっとなって時計を見た。十二時近くになっている。アパート中は寝静まっている。誰がきたのか予感はあった。悪いことに電灯を点《つ》けているので留守を装うわけにもいかない。

しばらく黙っていると、催促するように再びノックが高く聞えた。

もう、落着いてペンなど握れなかった。

彼女はそこから立ってドアの傍まで近づいた。三度目に不作法な音が鳴った。

恵子はこのアパートに知人を持っていない。管理人は、とっくに寝ているはずだった。

「どなたですか？」

彼女はすぐ開けないで、ドア越しに訊《き》いた。

「やあ、まだ起きていたんですか？」

やっぱり大村だった。靴音が足踏みしているみたいにがたがたと聞えた。

「ぼくですよ」

恵子は寝《やす》んでいますからとはすぐに言えなかった。やはり、大村に出版社を紹介してもらったという負い目がある。たとえ彼のハッタリがあったとしても、先方にワタリをつけてくれたのは大村に間違いなかった。

だから、まさかぶっきら棒に、何の用事ですか、とも言えないので、

「あら、大ぶん遅いんですのね」

と、だけ言って、ドアの差し込み錠をひねった。今度は中に一歩も入れないつもりで細目に開いた扉の隙間に自分の体をふさいだ。

廊下の淡い電灯の中に、大村の立姿があった。逆光になっているが、その太い眼鏡のふちがうすく光っている。

「今晩は」

大村は頭を下げたが、一目見ただけでも彼が酔っていることが分る。

「あんた。今日『週刊婦人界』に行きましたか？」

大村は、いかにも威張った声で訊いた。

大村のその問い方には、明らかに恩きせがましいところがあった。ものを書く人間の崩れたタイプが持っている無神経と、人の懐ろに土足で入り込むような強引さとが酒の酔いで露骨に出ていた。

「お蔭《かげ》さまで」

恵子は一応礼儀の上からいわねばならなかった。

「今日、山根さんにお会いしましたわ。それで、早速、見本として何か書いてくるようにいわれました」

「そりゃ、よかった」

大村は両手をポケットに入れて、恵子のすぐ前で肩を小さく動かしていた。間に距離がないのは、大村が内に入りたがっているからだ。

この前のことがあるので、恵子は彼の酒臭い息を顔に受けても、それ以上にはドアを開かず、自分の身体も引かなかった。

大村は平気なもので、山根との言葉が喰《く》い違っていることが恵子にバレたと分っているはずなのに、そんなことは頭から無視していた。

「山根はいい奴ですよ」

彼は大きな声で、

「奴とは長い間の友だちだから、ぼくが言えば大ていのことは聞いてくれます」

と、自分の手柄を誇るように言った。

「で、奴はどんな話をしましたか？」

そこまで聞いておいて、わざと肩をぶるんと震わした。

「寒いですな。ここは土間だから冷え込みがひどい」

恵子に謎をかけてきた。恵子の報告を内に入って聞きたいという無言の謎なのだ。

「ただ、それだけですわ」

恵子は分っていても突っぱねた。

「万事はわたしの書いたものを見てからということになりました」

「ふん」

大村は恵子の肩の間から内側をのぞき込もうとしている。それは、部屋の中の空気を求めている眼だった。

「あそこはいま景気がいいから、あんたもいい収入になりますよ。なるべく高い原稿料を出すように山根に話しておきましょう」

彼はそんなことを平然と言った。山根から自分が嫌われていることなど、てんで思ってもいないのである。

「で、何か書きはじめていますか？」

どのようなものを書くべきか自分が助言してもいいような口ぶりだった。

「いいえ、なかなかまとまらないので困っています。いま、わたしなりに一生懸命に考え中ですわ」

考え中だから、早くひとりになりたいという意味を匂わせたのだが、そんなものが通ずる対手《あいて》ではなかった。

「寒い、寒い」

彼は、たまりかねたように言った。

「ちょっと、中に入らせてくれませんか。これじゃ風邪をひく。ちょっと温まらせてもらえればありがたいんだがなァ」

大村は、自分をこの寒い廊下に立たせておくのがいかにも不合理だといいたげな態度だった。恵子を出版社に世話をした恩恵的な威嚇がその裏にあった。

「困りますわ」

恵子は、はっきり断わった。

「もう、時間が遅いんですもの。わたくし一人の部屋に夜遅く男の方が見えたら、誤解を受けそうですわ」

「誤解？」

大村は、声を出して笑った。

「そんなことを、君、気にしてたら、人間は一日も生きて行かれないよ。君もこれからジャーナリズムの中で生活して行こうという女だ。他人《ひと》の噂を気に病んでいたら、何も出来ないぜ」

もとより、酒を呑《の》んで来ている大村だった。酔いのために理性を鈍らせているのか、それとも酒の酔いに万事を誤魔化しているのか分らなかった。

「それとこれとは違います」

彼女は言った。

「とにかく、今夜はお帰り下さい」

大村は笑いかけたが、急にそれを止めて、今度は怕《こわ》い顔で恵子を睨《にら》んだ。

「君、そんな大きなことをぼくに言っていいのかね？」

「…………」

「こんなことを言いたくないが、君を可哀想だと思って雑誌社に口を利いてやったのは、このぼくだぜ。君はそんなドライな女だったのか？」

「いいえ……」

「まあ、聞きたまえ、ぼくはな、その問題がどうなったかが気になって、様子を君に訊きに来たんだ。何もかも君のことを思ってやってるんだよ。それなのに、なんだ、ぼくをこんな寒い廊下に立たせて、風邪を引きそうだからちょっと入らせてくれと言っても、冷く追い返すのかい？　ええ、君？　ぼくは風邪を引きそうなんだよ」

大村の声は次第に大きくなった。

「でも、それだったら、大村さん、昼間いらしたらいいんですよ。それに、ずいぶん酔ってらっしゃるじゃありませんか。ここにいらっしゃるのがいけないというんじゃないんです。ちゃんと白面《しらふ》になって昼間来て下さい」

「ナニ、白面になってこいと？　ふん、利いたふうなことを言うな。恩人にそんなことがよくも言えたもんだな。そんな根性だから、結婚しても家を追出されるんだ。君は恩知らずの人間だ」

近所の部屋のドアが微《かす》かに開く音を恵子の耳は聞いた。

「大村さん、失礼します」

ドアを内側から閉めようとすると、その前に彼の片脚が逸早《いちはや》く隙間へ突込んだ。

「君がどんなに断ろうとしても、こうなった以上、おれは意地でもこの部屋に入るんだ」

「大村さん」

恵子は押し出そうとしたが、大村の大きな図体《ずうたい》は山のような感じで中に押し入った。

「あっ」

恵子が絶叫したのは、大村がうしろ手でドアの差し込み錠を塞《ふさ》いだからだった。

「何をするんです？」

恵子は正面から睨んだ。

「ふ、ふ、ふ」

大村は恵子の瞳《ひとみ》を受けても、その赤く濁った眼は怯《ひる》みもしなかった。

「あんまり訳の分らないことを言うからさ。男には意地ってものがあるからなァ」

彼は両手をコートのポケットに入れると、少しずつ恵子の前に歩いた。恵子は後退した。

「帰ってくれと言われて、はい、そうですか、と言う男とは少し違うよ。おれは人に悪い扱いを受けると意地になるほうの性質《たち》でな。君がそんなふうに出れば、こちらにもそれに相当した礼儀があるというものだ」

恵子は、大村がせまい土間に立って靴を片足ずつ脱いでゆくのを、怯《おび》える眼で見まもった。

誰もドアを外から叩《たた》いてくれる者はいなかった。近所の耳がこの部屋の中に集っているとは分ったが、みんなが傍観者だった。

「じゃ、いいです」

恵子は大村の横を少しずつ擦り抜けるようにした。

「大村さん、あなた一人でそこにいて下さい。わたくしが外に出ますわ」

走ってドアの前に来た。差し込み錠をはずす暇に大村の手が恵子の肩を摑《つか》んだ。

「バカな。何をするんだ？」

恵子の身体がドアからうしろに引戻された。大村は彼女の腕を強い力で摑んでいた。

「放して」

恵子はやっと振りほどいた。

「あんまり失礼なことをすると、人を呼びますよ」

壁際に背中を付けて、恵子は大村を睨み据えた。

大村は靴を脱ぎかけたままで土間にゆらゆらと立っている。長い髪が乱れ、大きな息を吐いていた。

「悪かった」

突然、大村は言った。

「失礼した。つい、かっとなったもんだから」

彼は身体をゆすらせながらがくりと頭を下げた。

「改めてお願いします。ぼくは酔いが醒《さ》めかけているのでひどく寒いんだ。ここに入れてもらって、やっとどうにか人心地がついたようだ。恵子さん、すみませんが、二十分ばかりぼくをこのままにして下さい」

「………」

「お願いします」

大村はそう言うと、うしろ向きのままどたりと板の間に腰を下ろした。途端に彼の身体はその上に仰向《あおむ》けになって仆《たお》れ、両手をひろげた。それは、もう、梃子《てこ》でも動かない男の寝姿だった。

恵子はそこに立ったまますくんだ。ドアのほうに行こうにも、大村の大きな身体が手をひろげて前に横たわっている。彼は出口を塞いでいるのだった。

恵子は出口のドアに近づくことができない。大村の横たわっている傍をすり抜けようとしたが、途端に大村の手が伸びて彼女の脚を下から摑みそうにする。

「う、ああ」

大村は誤魔化し半分にあくびをしたり、その拍子に身体の向きを変えたりして恵子の脱出を遮断するのだった。

「大村さん」

恵子は睨み据えて叫んだ。

「起きて下さい。ここは、わたしの家《うち》です」

大村は返事をしなかった。眼をふさぎ、口を大きく開けている。彼女の声が聞えても、酔ったふりで横になっているのだ。

「帰って下さい。人を呼びますよ」

恵子をやや安心させているのは、近所の部屋の人が依然としてこちらの様子を聞いているらしいことだった。大村も、それは分っているに違いない。

「大村さん、帰って下さい」

恵子はもっと大きな声を出したかったが、こういう場合、やはり体裁の悪さが先に立つ。いまでも、自分がどんなふうに思われているか身の縮むような思いだった。

「あと十分だ。十分間だけ、ここに寝せて欲しいな」

大村はもつれた言葉で言った。どこまでも酔った人間になっている。

「十分したら帰りますよ」

本当だろうか、恵子は一応それを信用してみることにした。ここで言い争っても、結局は無駄なのだ。ほかにどうする術《すべ》もなかった。迂闊《うかつ》に大村に近づくと、何をされるか分らない。

恵子は自分の時計を見つめて佇《たたず》むより仕方がなかった。大村も相当な年配の男だ。案外、時間が来たら、さっと起き上って出て行くような気もした。

息の詰まりそうな十分間だった。大村は相変らず眼を閉じ、仰向けになったまま両手を拡げている。寝ているのか、息を殺して恵子に襲いかかる機会をねらっているのか分らなかった。恵子は奥の座敷に行くこともできない。彼女の背後から大村が追ってきそうな気がするのだ。まだ、このままの位置のほうが安全だった。

恵子は時計の針を見つめた。十分間がまるで二時間にも三時間にも思われた。この部屋の空気全体が、大村の不精髭《ぶしようひげ》の生えた脂顔から出る男くさい臭いで汚されてゆくようだった。

ようやく十分間が経過した。

大村は手を挙げて腕時計を見ようともしなかった。恵子から告知されるのを横着に待っているようでもあった。

「大村さん」

恵子は壁に自分の身体を寄せ、手を後ろに組んでいた。

「十分間経ちましたわ。さあ、お約束通り帰って下さい」

彼女はうずくまっている動物に言った。

しかし、大村は板の間から動かなかった。

恵子が帰ってくれと続けて言っても、まるで耳を失ったようだった。

彼女は最後の決心をつけなければならなかった。大村が入口をふさいでいるのなら、奥の窓から外に出るほかはない。

しかし、これも大村に気取られないで実行しなければならぬ。彼女が少しでもその素振りをみせたら、大村は飛び起きて彼女の後ろに迫ってくるに違いなかった。悪いことに、窓際の畳には床をのべていた。

窓から脱《ぬ》けることも簡単な動作ではない。ぐずぐずしているうちに大村に引戻されそうだった。

恵子は胸が高鳴ってきた。こうして一晩中、大村と睨《にら》み合っている自分の姿が瞬間に眼の前に流れた。

彼女は恥も外聞も忘れて、よほど大きな声で絶叫しようかと思った。が、いざとなるとその声が出ないのだ。アパート中の人間が集って戸を叩くときの恥ずかしさが先に立った。

また、そうなれば、大村のことだから皆の前でどんな嘘を喚《わめ》くか分らなかった。彼も土壇場になれば自分の体裁をつくろわねばならないから、どのような中傷を言うか分らない。

たとえば、大村なら恵子を自分の情婦だと言いかねないのだ。それでなくとも、アパートの人間は興味に飢えている。

このアパートを捨てるにしても、噂を残すのが嫌だった。あるいは、そんな女の心理的な弱味も大村は計算に入れて、横着に横たわっているとも思えた。

突然、ドアの外に人が急いで近付いてくる気配がした。つづいてノックが鳴った。

恵子は、ほっとした。アパートの誰かが見るにみかねて救いにきてくれたのかもしれない。だから、ノックの音が激しくつづいても、それは大村に対する警報だと思っていた。

「どうぞ」

恵子は高い声で答えた。

しかし、ドアは錠がかかっているのだ。訪問者は開けようとしてノブをがたがたと鳴らした。

大村はノックが聞えたころから眼を開いていた。彼は寝たままで、外の様子を探るように瞳《ひとみ》を天井に放っていた。

外の人はあせったようにノブをがたがたさせている。

「はい、ただ今」

恵子は声といっしょに大村の傍をすり抜けた。さすがの大村も手出しができなかった。

恵子は急いで差し込み錠を外した。近所の人だったらこの場をどう説明しようかと思いながらドアを押し開いた。

「あっ」

恵子は対手の顔を見上げて息を呑《の》んだ。

廊下の淡い光を受けて棒のように立っているのは、梶村久子だった。

2

梶村久子はドアの前に眼を光らせて仁王立ちになっていた。激しい息遣いで肩が揺れている。このとき、恵子の背後で物音がした。

大村が仰天して、板の間から起き上ったのだった。

「梶村先生」

恵子は呆然《ぼうぜん》とした。

この場面が梶村久子にどう映っているかは、彼女のすさまじい形相でも分った。恵子自身に後ろ暗いところはない。だが、この切迫した事態が恵子の呼吸も弾ませていた。突然、梶村久子は恵子の胸を突いた。あっと退くと、久子は彼女の前を通って真直ぐに奥へ進んだ。恵子はドアを閉めてそこに棒立ちになった。

大村は板の間から座敷に続くところであぐらをかいていた。コートをきたままだったが、それは照れ隠しというよりも、すでに久子の出方を予想したような不逞腐《ふてくさ》れた態度だった。

「あんた」

梶村久子は突っ立ったまま大村に喚いた。恵子には背中を見せているので表情は分らなかったが、声で形相が想像できる。

「こんなところに来て、あんた、何をしていたの？」

大村は坐《すわ》りこんだまま乱れた髪を指で掻《か》きあげていた。歪《ゆが》んだ顔に無理にとぼけたようなうす笑いがあった。

「何をしていたって、君、ちょっと用事があってね、井沢さんを訪ねてきたんだよ」

彼は、おとなしい声で答えた。

「用事？　そりゃ、なんの用事なの？」

梶村久子は彼に詰め寄った。

「それは君——井沢さんを或《あ》る出版社に世話をしようと思ってね」

大村は落着こうとしているようだったが、しどろもどろだった。

「ふん、あんたがこの女を世話するんですか？」

久子は恵子の名をいわずに、この女と呼んだ。露骨な軽蔑《けいべつ》だった。

「どういう義理で、この女を世話するの？　あんたにそんな義理があるの？」

「別に。そりゃ、君、ただこのひとが困っているからと思って、その、好意だよ」

「じゃ、訊《き》くが、あんた、今までここに寝ていたね？」

久子は板の間を指した。

「寝ていたわけじゃないんだが……」

「誤魔化さないでよ。わたしが入ってきたとき、あんたは犬みたいにごそごそと這《は》って起き上っていたわ」

「……………」

「女のアパートにあんな恰好《かっこう》でいられるのは普通じゃないわね、そうでしょう？」

「いや、そりゃ、なんでもないんだよ、誤解だよ」

「ふん、あんた、また、わたしを誤魔化そうとしてるのね？　じゃ、この女に訊いてみるわ」

梶村久子はくるりと後ろをふり返った。ドアの前に彳《たたず》んでいる恵子と眼が正面から遭った。久子の眼が燃えていた。

「恵子さん、あんたも大へんなひとだわね……」

久子は彼女のほうへゆっくりと歩いてきた。

「恵子さん」

梶村久子は恵子のすぐ前に迫った。

彼女は上から下まで恵子の身体を眺め回した。いままで大村と一緒にいたので、恵子の髪のくずれや服装の乱れからその証拠を嗅《か》ぎ取ろうとするかのような動作だった。

「あんた、大村さんをどう言ってここに引き入れたの？」

久子は眼を青く燃えさせていたが、そのうすい唇の端には歪んだ微笑があった。

「引き入れたりなんかしませんわ」

恵子は久子の視線を受けて言った。

「大村さんが勝手にここに来たんです」

その大村は、女二人の闘争を胡坐《あぐら》をかいたまま傍観していた。

「じゃァ、あんた、夜、男が来れば喜んで部屋の中に入れるのね？」

「お客さまとして来た人には致し方ありませんわ」

「ふん、いいお客さまだわね。あんたはひとりでここにいるんでしょう。こんな深夜に男客を引き込んだんだからあんたの気持をどう解釈されても仕方ないわね」

恵子は大村が強引に入ってきたと説明しようとしたが、も早、久子の耳には何の弁解も届きそうにはなかった。言うだけ馬鹿馬鹿しくなってきた。

「おっしゃる通りですわ」

恵子は言い返した。

「わたしにも迷惑なお客さまです。先生、早く大村さんを連れて帰って下さいな」

「ふん、わたしが来たからといって、急にそんなお体裁を言わなくってもいいわよ。ドアに鍵《かぎ》をかけたりして何をやってたか分ったもンじゃないわ。あんたはお客さんだといったが、あんたのところは、男だとドアに錠をかけて逢《あ》うの？」

「もう余計なことは言いたくないんですが、そのことだけは言っておきますわ。ドアに錠をさしたのは大村さんです。あの人が強引にしたんです」

大村は片手を畳について身体を後ろに曲げ、天井に煙草の煙を吹き上げていた。

「あんたも大胆な人ね。わたしのところで初めて会った人を、もうこのアパートに引っ張り込むんだからね。大した度胸だわ。いつ、大村さんにこのアパートの住所を教えたの？」

「大村さんが勝手に来たんですわ」

「嘘。わたしの家に泊ったとき、あんたの寝ていた部屋に大村さんが入ってたわね。あのとき、あんたが誘惑したんだね？」

「梶村先生……」

恵子は屹《きっ》となった。

「きたない想像ときたない言葉をやめて下さい。……先生のお人柄にかかわりますわ」

「なに？」

「それとも先生は、自分の可愛い男が浮気をしそうなので、少しおのぼせになったんじゃありませんの？」

梶村久子は青くなっていた。彼女の唇が痙攣《けいれん》したようになった。久子は身体を震わせてる恵子の頰を殴《う》った。

恵子は頰を撲たれて梶村久子を見返した。

久子は自分のほうから思わず手を出したことで、かえって昂奮《こうふん》し居丈高になっていた。それも、ただ、大村を恵子に奪《と》られたというだけでなく、年下の者に対する自分の威厳の保持と、若い女への嫉妬《しっと》があった。

「あんた、文句があるの？」

彼女は頰を押えている恵子の前に嘲笑《ちょうしょう》した。

「何よ、若いくせに。あんたなんかは才能も何もないのよ。少しばかり高野さんのところに出入りしていたからといって、いい気になるもんじゃないわ。ふん、人が親切に世話してやろうと思ったら、もう男を引きずり込んでいる。あんた、たった二日前に離婚したばかりじゃないの。そんなにすぐ男が欲しいの？」

久子は胸の中に感情が込み上げて、口から出る言葉も吃《ども》りがちだった。その言葉に自分が昂奮してきている。

「梶村先生」

恵子はやはりそこに立ったまま久子を見返して、

「ここは、わたしの家です。お帰り下さい」

と、ドアに手を掛けた。

「誰がこんなところにいるもんか」

久子は叫んだ。

「あんたは、ご亭主と性格が合わないとか何とか立派なことを言っているけれど、こんな調子では陰で何をやっていたか分ったもンではないね。浮気が分ってご亭主と離婚になったんだろう。このアパート中の人にみんな言ってやるわ。ここにいられないようにしてやるわ」

「先生」

恵子は抑えた声で言った。

「わざわざ、それをお知らせになることはありませんわ。すぐ廊下で、アパートの人が立聞きしているんです。今晩中にこの騒動がみんなに伝わるに違いありませんわ。ついでにわたしの部屋に怒鳴り込んできたのが梶村先生だということもね」

その言葉で久子はちょっとたじろいだようだった。この女流作家は、やはり自分の名前を気にしているのだ。

「あんた」

久子は今度は奥の座敷で坐って煙草を吹かしている大村に突進した。

「そこで何をしているの？」

久子の眼にも大村の態度が腹立たしく映ったに違いない。この場の騒ぎに高みの見物という態度だった。

「ああ」

大村はやっと煙草を消しかけたが、あいにくと灰皿がない。彼はきょろきょろとその辺を見回し、ようやく敷居の上に火を揉《も》み消した。その様子がいかにもそもそしていた。

「早く立ちなさい」

久子は大村に怒鳴った。

「よくもぬけぬけとそこに坐《すわ》っていられるものね」

「そういうわけじゃないがね」

大村は言った。

「あんまり君の剣幕が激しいものだから、ぼくだって、ここから起《た》てなかったんだよ」

梶村久子は大村を伴《つ》れて引揚げた。ドアを開けて出て行くとき、傍の恵子をじろりと尻目《しりめ》にかけた。大村を伴れ帰るので、いくらか勝利感を味わっているらしい。大村はさすがに恵子のほうには顔をそむけていたが、廊下を出ると、両人は仲のいい恰好で歩いて行く。

バカバカしくなってきた。梶村久子の取乱した態度は、およそモノを書く作家とも思えない。日ごろ、婦人雑誌や新聞などで人生相談などを担当して、もっともらしい回答をしているくせに、自分のこととなると、まるで裏長屋の無知な女房そっくりだった。いや、今ごろは、裏長屋のおかみさんだってあんなに取乱したような態度には出ないであろう。

やはり自分の可愛い男を若い女に取られたと思うと、かっと逆上するものらしい。こちらこそいい迷惑だった。恵子の部屋の両隣も、前の部屋も、みんなが好奇心に溢《あふ》れて、ドアを細目に開いて様子見をしている。それが分っているので、恵子はわざとドアを音立てて閉めた。

何か空虚な気持に陥った。大村がいなくなったのは幸いだったが、自分自身があんな二人にバカにされたかと思うと、遣瀬《やるせ》ない気もする。大村のような男はともかくとして、梶村久子の実体を知ったような思いだった。あれが当代の女流作家だったのか。

恵子は掃除をした。部屋に大村たちのぬくもりが残っているのは嫌だった。夜中に水音をたて、せっせと拭掃除《ふきそうじ》をする物音を、隣の人はどう聞いたであろうか。

いずれにしても、この部屋にはもう長くいられなかった。明日から本気になって新しいアパートを捜そう。せっかく仕事に就いたのだ。すっかり新鮮な気分になってそれに取組みたかった。

今ごろは、梶村久子と大村とが、手を取るようにしてタクシーで帰っているかと思うと、おかしくなった。大村のことだ、何だかんだと言いながら久子の機嫌を取っているに違いない。久子もまた恵子から大村を奪い返したことで、腹を立てながらもご機嫌になっていることだろう。

恵子は、ふと、今度の仕事に梶村久子のことを書いてみようかと思った。が、それはちらりと気持の上に泛《うか》んだだけで、まさかそんなこともできない。しかし、日ごろ取り澄した女流作家が、自分のこととなると、いかに前後を忘れるかを見たのは、いい参考だった。

恵子は灯を消していった。ようやく床に就こうとしているとき、ドアに強いノックの音が聞えた。

恵子は思わずそこに立ち竦《すく》んだ。

すぐ頭に浮んだのは、大村が引き返して来たのではないかという懸念だった。大村は久子の隙を窺《うかが》って脱走して戻ったのではあるまいか。

しかし、つづいて起るドアのノックの音に、彼女は或《あ》る人間の癖を思い出した。

彼女はドアの傍に行った。

「どなたですか？」

すぐに返事はなかった。

3

恵子は内側から錠をはずした。

ドアを細目に開けてみると、案の定、別れたばかりの夫米村和夫が暗い廊下に突っ立っていた。

「まあ、あんただったの?」

和夫はズボンに両手を突っ込んだまま、すぐには声を出さなかった。しかし、恵子は、和夫の眼が異様に光り、顔が硬張《こわば》っているのを見た。

ああ、この人はさっきの騒動を見ていたのだ。恵子はすぐに感じた。

「何の用なの?」

彼女は和夫に笑顔も見せなかった。

「少し話があるんだ」

和夫は近所の耳を気にしてか、抑えた声で言った。

「もう遅いわ」

恵子は彼を中に入らせなかった。

「今の男は何だ?」

和夫の声は少し震えていた。やっぱり彼は見ていたのだ。

「わたしの知った人よ」

「とにかく話がある」

和夫の顔色は昂奮《こうふん》していた。恵子は、普段おとなしい和夫が、どうかすると子供のように手に負えなくなることを知っていた。大きな声で喚《わめ》き散らし、手当り次第物を投げつけたことも何度かある。

たったいま、大村が帰ったあと、和夫に一騒動起されるのはみっともなかった。恵子は黙ってドアを開いた。

和夫は入ってくると、じろじろその辺を見回していた。曾《かつ》て自分の部屋だった座敷を懐しむような眼でもあった。

「今の男は誰だ?」

和夫は突っ立ったまま恵子を睨《にら》みつけた。

どうして今ごろ和夫はここに来たのであろうか。もしかすると、恵子の様子を窺いに来て、あの騒動に行当ったのかもしれぬ。

これが普通の場合だと、別れた妻が妙な気を起しはしないかと男が様子を見にくるということもあるが、恵子の場合はそれは考えられない。してみると、恵子への未練が和夫をここにこさせたのであろうか。おそらく、母親には隠れて、ちょっと用ありげに脱走して来たようにも思える。

そんな眼で見ると、和夫はネクタイもなく、セーターの上にコートをひっかけて来ているのだった。母親も和夫が出て行くのを監視しているに違いないから、そんな恰好《かっこう》でなければ出られなかったのであろう。

「お前はおれと別れたばかりで、もう、よその男を引っぱり込んでいたのか」

和夫の眼には嫉妬《しっと》が燃えていた。

これも今までの彼にはあまり見られなかったことだ。いっしょにいるときは恵子に安心しきっていた。別れた途端、一人になった彼女に不安をもったのであろう。そこに彼らしい未練さがあった。

「お前には前から男がいたんだな」

和夫は言った。

「それでおれと別れたがってたんだな。そうだろう？　お前はおれを騙《だま》していたんだ」

和夫の掌がぶるぶると震えていた。

「返辞が出来ないだろう？　普通の男でないことは、今の男の奥さんがここに怒鳴りこんで来たことでも分る。恵子、おれはお前に騙されていた」

「何を言うの？」

恵子は和夫の前に立ちはだかって言った。

「今の人はわたしの知らない人だわ。勝手に向うがやって来たんだわ」

「バカな」

和夫は唇を痙攣《けいれん》させていた。

「男が勝手に入ってくれば、君とどんな関係か想像がつく」

「変なことは言わないでちょうだい。わたしはあなたといっしょにいた間は、絶対にほかの男の人とのつき合いはなかったわ」

「嘘をつけ」

和夫は曾ての妻を睨んだ。

「つき合いのなかった者が、どうしてここに入り込むか。どうしてあの奥さんが怒鳴り込むのか？」

「とにかく帰って下さい」

恵子はおとなしい声になって言った。

「このアパートも、もうすぐ出るんだけど、ここにいる限りは、あんまりみっともない評判を立てられたくないの」

「今度はどこに移るのか？」

「分ンないわ」

「言えないのか？」

「いま、捜してます」

「今度の新しいアパートにも、今の男を引っぱり込むのか？」

「もう、何もあなたには言うことはないわ。あなたはお母さんのところに帰ってらっしゃい。わたしはあなたの家から追い出された女です。そうでしょう？　わたしが独りで出て行ったんじゃないわ。お母さんとあなたとが、わたしをいびり出したんだわ」

「………」

「どうして、そんな別れた女のところに来るの？」

和夫はさすがに答えなかった。

「あなたと別れたら、わたしは一人の自由な女だわ。何をしようと勝手だわ……わたしはこれから好きなことをするわ」

和夫が激しい眼で見た。

「あなたもお母さんといっしょにいて親孝行なさい。今度は女房なんかに気兼ねすることはないわ。お母さんも喜ぶでしょう。そして、二人で気に入ったお嫁さんを貰《もら》うことだわね」

「恵子」

和夫は眼を伏せた。

「本当にお前はそんなつもりでいるのか？」

「そんなつもりって？」

「いま言った言葉だ。これから好きなことをやるといったのは本気か？」

「そうよ……あら、だってあなたがそんなことちっとも心配することないじゃないの。わたしの自由だし、いけなくなったら、わたしが責任を取るだけだわ」

「ぼくはそれを惧《おそ》れているのだ、お前が悪い男に騙されて酷《ひど》い目に遭うと思うと、たまらない気持になるんだ」

「余計なご親切だわ。わたしはこれで案外しっかりしているつもりだから、そんなことはしないつもりだけれど、世の中には、わたし以上に利口で、ずうずうしくて、横着な男がいるわ。そんなのに引っかかったら、自業自得だと思って諦《あきら》めるわ」

「恵子！」

突然、和夫が恵子の両腕を手で摑《つか》んだ。

「恵子」

和夫は恵子の両肩のつけ根を摑んでゆさぶった。

「頼むから、そんな男とつき合わないでくれ。ほかの男と交渉を持たないでくれ」

和夫は恵子の顔をまっ直ぐに見ていたが、強い光りの影から、何か弱々しげな表情が見えている。それは憐《あわれ》みを乞《こ》うときの色にも似ていた。

「なぜなの？」

恵子は和夫の手を肩から一つずつはずした。微《かす》かな笑いが彼女の唇に浮んだ。

「なぜ、そんなことを言うの？　わたしはあなたとはっきり別れた女よ。これからはあなたと関係のないところで生活するのだわ。どうして、今になってそんなことを言うの？」

「それは分っている。たしかに君とぼくとは夫婦ではなくなっている。だが、いま、君にほかの男のもとへ走られては、ぼくの気持がたまらないんだ……恵子、分ってくれ。ぼくの気持を察してくれ」

「どういう意味なの？」

「君にも分るだろう。ぼくという人間と、一年くらいだったが、ずっといっしょにいたんだから、どんな性格か知っているわけだ」

「…………」

「頼む。ぼくの気持がおさまるまで、ほかの男のもとへ走らないでくれ。君がぼくから離れてすぐにほかの男と仲よくなるのは、たまらないんだ」

和夫はそんなふうに言った。先ほどの荒い声はいつの間にか弱々しい調子に変っていた。

そこには気の弱い一人の男しかいなかった。これが一年間いっしょにいた夫だったのだ。

恵子には和夫の言うことも分らないではなかった。彼は別れた妻がすぐに見知らない男に抱かれるのを、恰《あたか》も不貞のように考えているのかもしれない。つまり、彼の意識の中には、恵子がまだ妻の幻影として生々しく残っているのだろう。

それは男の面子《メンツ》ではなかった。彼にとっては、やはり妻に裏切られたという考えになるのだろう。

「いつまで、わたしをそんなふうにしておきたいの？」

彼女は和夫に問返した。

「いつまでとは言えないが、ぼくの気持がおさまるまでだ」

「そう、じゃ、半年とか一年とかは言えないわけね？」

「そうなんだ。ぼくはまだ君のことを考えている。君だってぼくが君を嫌いでこんなふうにしたとは思っていないだろう？　つまり、ぼくはまだ君を愛してたんだ」

「何を言うの？」

恵子はぴしゃりと言った。

「あなたがほんとにわたしのことを考えてくれたら、もっとお母さんの言うことに強く反対出来たはずよ。あなたは二言目にはおふくろが大事だと言っていたけれど、わたしがいるときはちっともわたしのことを考えてくれなかったじゃないの。つまり、奥さんは打《ぶ》ったり蹴《け》ったりしても、自分から離れないと思っていたのね」

廊下から冷たい風が流れてきた。

「それは君の誤解だ。ぼくは君をそんなふうに扱うつもりはなかった。ただ、おふくろと君との間に入ってとても苦しかった」

和夫は言った。

「けれど、これはぼくだけじゃない。ぼくのような立場になっている人間は世間にいっぱいいるんだ。みんな嫁と姑《しゅうとめ》の争いに悩んでいる。辛《つら》いのは分るが母親だって、そう長生きをするわけではなし、それまでの辛抱だと、君に何度頼んだかしれない。君はそれを裏切った……」

「よく分るわ」

恵子は言った。

「あなたが苦しんでいたことは分るわ。でも、そんなことはあなたが一緒にいる間、何度言い合いしたかしれないわ。もう別れてからあとまで、同じ言い合いをするのはご免だわ」

「……」

「あなただって、わたしが出て行ったので、お母さんの機嫌が直って神経が休まってるでしょう。わたしだって今は平和だわ。あのときのことを考えると、まるで地獄みたい……」

和夫はそこに立ったまま部屋の中をのぞいていたが、大村のように強引に入ってくることはなかった。それだけ、まだ和夫のほうが善良なのだ。

「もう遅いから帰ってちょうだい」

恵子は彼にやさしく言った。

「所詮《しょせん》、わたしたちは一緒にいられない運命なんだから、もうこの辺でお逢《あ》いするのは止めましょうね。あなたがわたしのことをそんなに気にかけて下さることはよく分ったから、なるべくその通りにするわ」

「本当に君ひとりでいてくれるか？」

「わたしだって無軌道な女じゃないわ。あなたと別れたすぐあとで、ほかの男の人と仲良くなるような気持にはなれないわ。また、そんな人はいないと思うわ。それに、もう煩わしいことはこりごりだから、ひとりでのびのびとやっていってみたいの」

「そうか」

和夫はやっと落ちついた。

「先ほどはご免なさい。だから安心して、あなたもお仕事をなさいね。そして、いい人があったら早く結婚なさいよ」

「ぼくは当分は結婚はしないつもりだ」

「そう」

恵子はそれに意見を言わなかった。

和夫の考えが子供っぽく感じられる。この人は、ときにはしっかりしたことを言うようだが、それが単純な考えから崩れることが多かった。もともと母親に甘やかされて育ったせいか、世の中に馴《な》れていないのである。

「そこまで送るわ」

それがせめて他人になった夫への好意であった。

和夫は素直に彼女の言う通りになった。尤《もっと》も、母親に隠れて散歩の恰好《かっこう》できているのだから、そう長居はできなかったのであろう。

二人は肩を並べて、タクシーの走っている通りに向った。

外は冷たい風が道に吹いていた。

むろん、バスはとっくになくなっている。時計を見ると一時を過ぎていた。

こんな時刻に外から帰って和夫が母親にどのような言い訳をするかと思うと、気の弱い彼が少し可哀想になってきた。

通りには車のヘッドライトが行交《こ》うているが、タクシーの空車はなかなか来なかった。

和夫は冷たい風に肩をすくめるようにして立っている。

それを見ると、恵子はこの和夫が今さらのように覇気のない男に映る。底ぬけに人はいいのだが、ただそれだけの取柄だった。自己の向上への努力も、生活の意欲も、エネルギーもまるっきり彼には見られなかった。

いっしょにいたとき、恵子は何かと和夫を励ましてきた。勤めを休みたそうにするのをまるで子供に向うようにすかしたり、なだめたりして仕事に出したものだ。だが、そのころは和夫に愛着があったから、それが愛情の現れだと思っていた。そのことに欣《よろこ》びさえ覚えたものだった。

しかし、彼と別れてみると、和夫という青年がまるっきり気力のない男だとはっきり知らされる。気の毒だが、二度と彼のもとに戻る気は起らなかった。

ようやく空車の標識をつけたタクシーがきた。

「じゃ、お大事にね」

恵子が言うと、和夫は未練そうな顔をして彼女を見返した。恵子から先に別れの言葉を言ったのが恨めしそうでもあった。

和夫は仕方なさそうに車のドアに手をかけたが、その前に、つと恵子の傍にきて彼女の手を握った。力のこもった握り方だった。その手は寒い風に吹きさらされたためか、氷のように冷たかった。

恵子は、その車が走り去るのを見送った。和夫が彼女に手を振っているのが、車の後ろ窓に映る。車の赤い尾灯《テールランプ》は忽《たちま》ち後続車の蔭《かげ》で見えなくなった。

恵子はアパートに戻った。

部屋に戻って、畳の上に坐《すわ》った。さすがに、一時に気落ちがしたようにぼんやりとなった。

今夜はさまざまなことがあった。まるで突風の中にこづき回されたような思いだった。

これからも、これ以上のことが自分の身に起りそうな気がした。未知の海にひとりで漕《こ》ぎ出るような不安が胸をかすめた。

しかし、机の上にひろげたままになっている原稿用紙を見ると、気持を取り直した。今夜のうちに三枚ぐらいは書かなければならぬ。

この仕事が明日《あした》からの自分の生活の支柱だった。真剣な気持で立向わねばならぬ。一字ずつ書いていくうち、「週刊婦人界」の山根の顔が泛《うか》んで不安になった。こんなもので彼に合格するだろうか。

四章　生　活

1

編集部は、この前、恵子が来たときとは様子が違っていた。

今日はこの狭い部屋に、冬でも人いきれがするくらい人間が詰っている。机で仕事をしている者はともかく、坐り場がなくて立ってうろうろしている者が多い。編集長の席に行くのも身体を斜めにしなければ通れそうにない。

原稿を書いている者も一人前の机を持っている者は少なかった。机のちょっとあいたところに人がかがみこんでザラ紙に鉛筆を走らせている。

電話を怒鳴るようにかける者や、眼を血走らせて原稿に朱を入れている者や、脇目もふらずに鉛筆を動かしつづけている者など種々雑多だった。今日は締切間際の追込みらしい。

「大体、こんなもんでいいでしょう」

編集長の山根は恵子が書いてきたものを物凄《ものすご》い速さで読み終ると、顔を上げて彼女に言った。

「なかなか要領がいいですな」

「いいえ、何ンにも分らないもんですから」

恵子は山根の言葉で安心した。いま、彼に突っ放されたら、さしずめどうして食いつなぐか途方にくれるところだ。

「それでは、すぐにあなたを採用するというわけにはいきませんが、当分、試用のつもりでいて下さい」

ワイシャツだけになっている山根は忙しそうに煙草を口にくわえた。その頰から顎《あご》にかけて不精髭《ぶしようひげ》が黒くなっている。

「御承知かもしれないが、念のために言っておきますと、うちでは正社員というものはあまり採っていません。これはこの社のシステムで、正式入社となると、どうしても入社試験というようなことになります。あなたのような場合だと、最初が試用。それから嘱託か臨時雇となるんです。ですから、収入は一般社員よりかえっていいくらいですよ。ただ、ボーナスや退職金がないのは御承知下さい。いいですね?」

「はい」

それも大体恵子には分っていた。近ごろはどこの出版社も人員の膨張を極度におそれている。殊に週刊誌のようにおびただしく人手を要するところは、殆《ほと》んどこういう形態がとられている。

恵子自身も正式社員に採用してもらいたいとも思わなかった。むしろ、そんな束縛を放れて自由に動いてみたい。そのほうが勝手なことが出来そうだった。

「おい、土田君」

山根は伸び上って別な机にいる一人を呼んだ。

恵子は、それが自分の上役になる社員だと思って、こちらに歩いて来る人を眼の端に感じたが、顔をあげて見ると、それは四十ばかりの肥《ふと》った女だった。

うすい眉毛《まゆげ》の下に太い眼鏡を掛けている。彼女は萱《かや》の葉のように細い鋭い眼で、山根に応《こた》える前、恵子をじろりと上から見た。

その女が家庭欄のチーフをしている土田智子だった。

恵子は編集長に紹介されたあと、彼女の机の横に坐らされた。

「どう？」

土田智子はシガーケースを取出してパチンと開き、一本を勧めた。恵子が断ると、彼女はそのまま自分の口にくわえてライターを鳴らした。男のように不恰好に膨れた指だった。

「家庭欄というのはね」

と土田智子は大きな鼻の穴から煙を出して言った。

「目立たない仕事をしているから、仕事としては面白くありませんよ。いわば、ありふれたことを取材するのだから書きようもないし、取上げようもないわ。でも、それは感覚の持ち方で、うっかり人が見逃しているようなところに、また別な取上げ方があるものよ。絶えず新しいセンスでものを見ることが大切だわ」

土田智子は、そう教えながら、やみくもに煙を吐き続けていた。

「初めての人にはちょっと面白くないかもしれないわよ。でも、そこを辛抱するとほかの部へ拾われる愉《たの》しみがあるから、まあ我慢してやって頂だい」

「はい」

恵子は、分りましたというようにうなずいた。

「あんたの得意はなんなの？」

土田智子は初めからずけずけした言い方だった。声も太いし、咽喉《のど》も大きかった。肩が丸く盛り上っている。

「本当は文芸方面をやってみたかったんですの」

「ああ、やっぱり、みんな同じことをいうわね。でも、文芸方面は古い人がいて、ちょっと入る余地がないわ。何しろ、自分の受持ち分をがめつく握り込んで、金輪際、他人には渡さないという人だから。ほら、あそこにいるわ」

彼女は肥った顎をしゃくった。

編集長のいる机を中心に、机は三列ずつ四つに並んでいる。恵子が見ると、ごちゃごちゃしている人の間に、青色のスーツを着た眼鏡の女が俯《うつむ》向いて赤鉛筆を走らせていた。

「文芸係は二人なんだけれど、一人が空いたらあんたを推薦するわね」

「どうも」

「でも、みんな、なかなか辞めそうにないから、いつのことか分らないけど」

彼女はうすい唇で煙草を灰にしながら恵子の顔をしげしげと見た。

「井沢さん」

何を思ったか、急に低い声で訊《き》いた。

「近ごろ、大村さんはどうなの？」

「え？」

「うふふ。かくしても駄目よ。ちゃんと知ってるんだから……」

恵子は、ぎょっとした。

土田智子の言い方は特別な意味がある。それは彼女の妙に含んだような笑い方でも想像ができた。

ただ共通の知人のことを話題に出したのではなく、明らかに、恵子と大村とのつながりを知っていることを暗示した問い方だった。

どうして、大村のことが土田智子に分っているのか。

恵子は恐ろしい世界だと思った。もう第三者にあのことが知れている。

吹き込んだのは二人しかいない。ひとりは梶村久子で、ひとりは大村だ。

梶村久子は寄稿家だから、雑誌の編集者が始終行っている。久子は意地悪い微笑みを浮べながら、高野秀子の秘書格だった恵子が大村を誘惑したように言いふらしたのだろう。そこには一部で噂されている久子自身と大村との関係をそのことでぼかそうとする策略もうかがえる。

だが、それは久子ではなく、案外、大村の口かもしれない。大村の性格として、そんなことぐらいしゃあしゃあとしゃべり散らすのは平気だろう。

それには恵子への腹癒《はらい》せがある。彼があの太い縁の眼鏡を鼻の上にずり上げながら、にやにやして編集者仲間に語って聞かせる得意顔が眼に見えるようだった。

また、どちらがその噂の撒《ま》き主か分らないが、それにしても、一夜のうちにこんな話が伝わっていれば、これからどんな策略にかかるか分らないような気がした。

尤《もつと》も、そんなことを気にしていては、この世界では一日もやっていけないかもしれない。

「大村さんは知ってますけれど、たったこないだ、初めて遇《あ》ったばかりですわ」

恵子が言うと、土田智子は細い眼をチカリと光らせたが、やはり口辺に漂ううすら笑いは消えなかった。恵子の言うことを信用していないのだ。

だが、そんなことを躍起になって釈明しても仕方がないと思い、それ以上気にしないことにした。

ただ、ジャーナリストというものはえらく他人のことに興味を持つものであり、それが電光石火の速さで伝わるということだけは教訓として胸にたたんでおくことにした。

「そうなの。わたしはまた、あなたと大村さんとが随分前から親しいと聞いたものだからね」

「誰がそんなことを言ったか知りませんけれど、ほんとは、この前、梶村先生のところで初めてお遇いしただけなんです」

「そう」

土田は烟《けむり》を吐きつづけている。

恵子は彼女の顔色から、さては昨夜のアパートの騒動まで分っているのだ、と直感した。

恵子は、土田智子に連れられて執筆家回りをすることになった。それは、編集長の山根の指示だった。

土田智子が最初に連れて行ったのは、料理の大家、江下トキ先生だった。

江下女史はテレビなどで顔を見ているが、実際に会ってみても愛嬌《あいきょう》がいい。細い眼を向けて、何でも気楽に話してくれた。

土田智子は煙草を吹かしながら、少し横着な構えで、ふんふん、といってメモを取っている。どちらが偉いのか分らなかった。

「あなたは東京の方なんですか?」

江下女史は話が一段落すると、恵子に微笑みを向けた。

「いいえ」

「なかなか大へんでしょう」

土田智子が、はじめて恵子がこの編集者生活に入ったのだと紹介したものだから、女史は労《いた》わるように言った。

「ええ、まだ何にも分りませんから」

「ときどき、お遊びにいらして下さい。お仕事のときでなくとも結構ですよ。なんだか、あなたとお友だちになってみたいわ」

横の土田智子がふくれた。

そこを出ると、智子は早速に言った。

「あんた、今の江下さんの言葉は編集者に対する殺し文句だからね。あの通り受取っちゃ駄目よ」

「ええ」

もちろんだった。一度だけのその言葉で行く気はしなかったが、土田の不機嫌が少し気の毒になった。

次に回ったのは、美容の大崎冴子だった。

大崎女史は、渋谷《しぶや》に大きな美容学校を持っているが、別に銀座にも教室がある。今日行ったのは、その銀座のほうだった。

ショッピングセンターの近くにあるビルの一室を借りているのだが、なかなか繁昌《はんじょう》している。狭い応接間に長いこと待たされたが、やがて、ひきつめ髪の大崎冴子が黒ずくめのスーツで現われた。

江下女史の丸っこい顔に較べると、今度は顎《あご》の尖《とが》ったごつごつした感じの顔だ。化粧もあまりしてなくて眼と眉毛《まゆげ》とが吊《つ》り上ったような感じだった。

「あら、まあ」

女史はその顔つきに似合わず両手を叩《たた》いた。

「可愛い方が入ったのね」

土田智子は渋りながら紹介した。

「あら、そう。お名前も素敵だわ」

息を弾ませたような言い方だった。それから、その特徴のある眼を恵子にじっとそそいでいる。

「大崎さん、今日は別にお話を伺いにきたんじゃありませんのよ」

土田智子はまた不興げな声を出した。

「ええ、結構ですわ。いつでもお暇なときにいらしてね。歓迎するわ」

「でも、先生はお忙しいから……」

「そんなこと、ちっとも構わないわ。ね、土田さん。今度いらっしゃるとき、この方を一緒に伴《つ》れてきてね。とてもチャーミングだわ」

土田智子が面白くない顔で煙草を喫った。

その日は寄稿家を三、四軒回っただけで終った。

社に戻ったのが夜の七時ごろだった。編集部はみんな血眼になって働いている。今日が最後の追込みとかで、誰の顔も殺気立っていた。

恵子は土田智子の机の列のはしに坐《すわ》らされた。

今日はただ寄稿家に顔を憶《おぼ》えてもらう程度で、これという仕事はない。ぼんやりと他人の忙しいのを傍観しているだけだが、それも何となく居心地がよくなかった。

土田智子は部下の者をいろいろと指図しながら、原稿を見たり、ゲラに眼を通したりしている。その声が男のように荒々しい。今日歩いて分ったが、彼女は口ほどでなく、寄稿家からはあまり好かれていない印象だった。

それに、いっしょについて行った恵子が何かと先方から大事にされそうなので、少しむくれたところもある。そう思って見るせいか、いつもより不機嫌なのではあるまいか。彼女がぼんやりしていても、土田智子はこれで帰れとも言わず、仕事を出すでもない。ほかの家庭係はほとんどが女だったが、うるさ型の土田女史に遠慮してか、恵子のほうには知らぬ顔をしていた。

この部屋のまん中あたりにいる山根も、次々と持込まれるゲラに眼を通し、赤鉛筆を動かしていた。恵子は新参の悲哀を少しばかり味わった。

仕方がないので、横に積んである古い保存雑誌を手に取って、ぱらぱらとめくりながら眺めていると、眼の前に茶色の封筒が落ちてきた。

おどろいて顔をあげると、山根のうしろ姿が向うに歩いているところだった。恵子は素早くあたりを見回した。幸い、土田女史は若い部員の一人を呼びつけて、ゲラを見ながら口うるさく叱っている。

山根もそんな機会を窺《うかが》ってここに来たものらしい。恵子はそっと封筒の中を開けた。

ザラ紙が二つに折って入れてある。

「今日はお疲れでしたでしょう。いろいろと話したいこともあるので、九時ごろ、新《しん》宿《じゅく》の喫茶店ロザリオで待っていて下さい。あなたはもう引揚げて結構です」

恵子は紙を破った。

眼をあげると、山根はまた懸命にゲラと取組んでいる。

恵子は土田女史の横に近づいた。

「今日はいろいろお世話になりました。これで失礼させていただきます」

土田智子は顔をこちらに向けて、口を開けたまま恵子に大きな眼を据えた。自分のほうからさっさと帰ってゆく恵子に不機嫌な顔色だ。

「はい、どうも」

無愛想に応《こた》えただけである。

恵子は街に出た。

時計を見ると、九時にはあと一時間ばかりある。山根はあんな紙片を呉《く》れて、どんなことを訊《き》くのだろうか。

2

「ロザリオ」は東口の近くにあった。わりときれいな店で、宗教的な装飾をアクセサリーに使っているところは、その名前をもじったのであろう。

恵子は奥の席に坐った。九時五分前だった。

それから十分遅れて、山根編集長があたりを探すような眼で入って来た。恵子を見つけると、やあといったふうに笑って彼女の前に少し照れ臭そうに坐った。

「こんなところに呼んで変に思ったでしょう？」

山根は、忙しい仕事を済ませたあとの疲労と、安心感とを顔に漂わせていた。

「いいえ」

恵子は軽く微笑して、

「もう、お済みになったんですか？」

と、訊いた。

「やっとね。締切日は、いつもこうですよ。まだほかの連中は残っていますが、あとはデスクに任せて帰りました」

山根が何の話をするのか、ちょっと見当がつかなかった。

「どうです、今日は土田女史に引っぱり回されて……」

「ええ、初めてだから夢中でしたわ」

「あの人は、ちょっと癖がありますからね」

山根は言った。

「あなたも、あんまり気にしないほうがいいですよ」

さすがに山根は、それをはっきりとは言わないが、彼女の気持を引立てるようにした。もしかすると、土田女史の素振りで、それが分ったのかもしれない。

「実は、こんなことを、入った早々のあなたに言うのはどうかと思うんだけど……」

恵子ははっとした。土田女史から言われた大村とのことかと考えた。

「よそからあなたの耳に入ったら心配するだろうと思ってね」

「はあ……」

少し様子が違うようだった。

「実は、今の『週刊婦人界』の経営者が、今度替るかもしれないんです」

「週刊婦人界」の経営者というのは、中クラスの出版社だった。今の週刊誌はそれほど売れてはいないが、赤字でもなく、まあ、とんとんのところだった。

こういう事情を山根はひと通り言って、

「これに眼をつけた或《あ》る大きな出版社が『週刊婦人界』をそっくり引受けたいと言って来てるんです。現在の経営者は金を持っていないので、編集費も窮屈だし、人を集めるのにも制限があって、ぼくらもやり辛《づら》いとは思っていたんですよ。だから、それが大きな出版社に移籍されるのは喜んでいいかもしれませんね。それに、現在のスタッフをそのまま引受けてくれるというんですから、ぼくの位置もそのままらしいです」

「結構じゃありませんの」

山根が最初からこんな話をするのは、自分にちょっと分不相応に思われた。もっとも、彼はよそからそんな話を聞くと恵子が不安がると思って、先手を打ったのかもしれない。つまり、よそに移るときは恵子もそのまま引継がれるという含みがあるらしい。

「ところが、そう喜んでもいられないんですよ」

山根は煙草を一本くわえたが、眉を憂鬱《ゆううつ》そうにひそめた。

「どうしてですの？」

恵子は訊いた。

新しい経営者は、現在の経営者よりももっと資本があるし、業界では名前が知れ渡っていた。

その出版社は、今まで「小説世界」「読物界」という月刊の大衆雑誌を出している小説界社だった。

これまで何度か、そこから新しい婦人週刊誌が出る噂が流れていた。それが出そうな情勢を伝えながら実現しなかった。噂によると、社長が週刊誌に踏切るのに躊躇《ちゅうちょ》しているからだとも言われていた。

ところが「週刊婦人界」を出している出版社が弱体なので、それを買取ったほうが得策だと見込みをつけたのか、急速に譲渡の話が進んだという。

小説界社の社長竹倉庄造は、出版界で叩き上げたベテランで、ひところは大衆雑誌を同時に四つも出して稼いだ。今では都心に近い濠端《ほりばた》に堂々たる社屋が新築されて、毎夜ネオンが輝き、中央《ちゅうおう》線の電車の乗客の眼を奪っている。

最近、こういう大衆雑誌が頭打ちとなり、竹倉社長は一ばん不振な二誌を廃刊した。そして、今やブームが過ぎて、すでに大部数の発行が定着している週刊誌に彼は切り込みをはじめたのだ。

だが、新雑誌の発行となると、急に人員も揃えなければならないし、また、その効果を上げるためには莫大《ばくだい》な宣伝費もかかる。それで或る程度、名前の知れている「週刊婦人界」をそっくり居抜きで譲り受けようというのであった。

山根は、そういう事情をひと通り恵子に話したあと、

「ところが、ぼくが一ばん心配しているのは、竹倉社長の性格なんですよ」

と言った。

「あの出版社は、ただ利潤追求に急で、社長の竹倉さんは、芸術や文学などまるきり分らない人です。今までの大衆雑誌のように俗受けするものを作れば、本は売れると思ってるんですね。だから、もし、経営が竹倉氏の手に移ると、誌面はおそろしく低俗なものになる惧《おそ》れがある。それに、編集スタッフを全部引受けるといっても、それがどこまで永つづきするかです。少し馴《な》れると、竹倉さんは自分の気に入った者をよそから引っぱって来て、首のすげ替えをしかねないと思います」

「でも、その社長さんは山根さんを信用してらっしゃるんでしょう?」

「今はね。だが、将来は分りませんよ。現在の発行元は、そりゃ人件費も足りないし、取材費も思うように出してくれない。だが、編集面には何も口を出さないところは有難

かったですな。今度はそうはいかない。竹倉さんは、自分で編集を見なければ承知しない人だと思います。なにしろ、古本屋まがいの店から今の出版社に発展するまでには、彼の売らんかな主義が徹底していたんだからね」

「山根さんはそれで迷っているんですか？」

「迷っているが、今のところ、ひとまず竹倉さんのところに行くより仕方がないでしょうな」

「それはそうですわ。一応、どういうふうに新しい社長さんがおっしゃるか、それを見ないうちは何とも言えないと思いますわ。案外、もの分りのいい方かも分りませんもの」

「いや、期待はできないな」

山根はやはり暗い顔をしていた。

客が混んできた。若い男女が多い。みんな愉《たの》しそうに話していた。

「それで、ちょっと、あなたに含んでおいてもらいたいんですがね」

山根は恵子の顔に眼をあげた。

「はい」

「今度の小説界社に全員で引取られることになったんですが、一応、臨時雇の人は清算したいというんです。向うではなるべく人員を少く採りたいわけでしょうからね。それに、そう言ってはなんだけれど、臨時雇というのは、いわばフリーみたいなもので、正式な籍がないんだから、この点はあんまり強く言えなかったのです」

「…………」

恵子は、その臨時雇でも自分が今日初めて出て来た人間と思うと眼を伏せた。

「しかし、あなたの場合、ぼくは伴《つ》れて行くつもりですよ」

「だって、わたくしは今日が初めてですわ。ほかの方に悪いわ」

「いや、その遠慮はしなくていいんですよ。それに、かえって今日初めて来たというのが有利なんです。向うに行けば、ある程度、新規採用の権限はぼくに任せられていますからね。またそういう条件でぼくも承知したんです」

「そうですか」

「それはそうですよ。いま言ったように、今度の経営主は分らず屋ですからね。相当の条件を付けてしっかり契約しないと、どんなことをされるか分らない。今まではただ金《かね》儲《もう》けだけで、編集のことも、記事のことも、何も分っていない男です」

「それは大へんですね」

「大へんだ。いま、ぼくは条件を付けてちゃんと契約すると言ったけれど、この契約だって、いよいよ向うに籍が移ったとなれば、相手はそれを踏みにじるかも分らないよ」

「まあ」

「そういう男なんだな。それはちゃんとぼくも肚《はら》の中に入れてかかるつもりだ。ぼくの考えでは、向うで週刊誌を出し、それが軌道に乗れば、社長の気に入らない奴は馘首《くび》だと言いかねないと思う」

「そんなふうでは」

恵子は山根に言った。

「いっそ行かないほうがよろしいんじゃありませんか。苦労なさるだけで、山根さんにとって損ですわ」

「だが、今の経営主がすでに譲渡の契約を済ませたんだからね。今の週刊誌にいようと思えば、自動的に向うについて行くことになる……まあ、ぼくもよっぽど辞めようかと思ったこともあったが、あんな週刊誌でもぼくは愛着を持っている。だから、討死は覚悟でも、いま離れることができないんです」

「山根さん、わたくしをぜひ新しい編集部に伴れてって下さい」

恵子は、生活の手段ではなく、自分もそういう荒い海にひと思いに飛び込んでみたかった。これまでの生活があまりに卑屈過ぎていた。

山根が恵子の顔を見返した。

「こんなことを訊《き》くのは、悪いかもしれないが」

山根は恵子に遠慮そうに言った。

「大村君から聞くと、あなたは離婚したばかりだそうですね？」

「ええ」

大村がどんなふうに山根に吹聴《ふいちょう》したかは分らないが、離婚したことは事実だから肯定するよりほかはなかった。

「そう」

山根はなんとなく眩《まぶ》しいような眼をして、

「うまくいかなかったの？」

と訊いた。

「ええ……いろいろ事情がありまして」

「そう」

恵子がうつ向くと、山根はその前でしばらく煙草を吹かしていた。

恵子は、山根も興味半分に離婚の原因などを追及するのかと少し嫌な気になっていると、

「あなたの場合は、そういうことができるんだな」

と、ぼそりと呟《つぶや》くように言った。どういう意味か分らなかった。

「こんなことを言ってはなんだけれど、もし、うまくいかないようだったら、早く離婚したほうがいいな。そのほうが自由に行動できるし、次の幸運が早くつかめるわけだからね」

恵子は、おや、と思った。山根がどうしてそんなことを言うのだろうか。

次の幸運というのは、暗に大村のことを指しているのだろうか。この前、山根はあんなふうに大村のことを言ったが、その後、大村の宣伝がゆき渡って、土田女史のように、頭からそのデマを信じている者もいる。山根も、恵子と大村との間を半信半疑に考えて

いるのかもしれない。

もしそうだったら、不愉快な話だと思っていると、山根が次に言った言葉は彼女の予想とは違っていた。

「ぼくも、実は、家庭的な破綻《はたん》があってね」

ふいと、そんな言葉が洩《も》れた。

恵子が見ると、山根の表情にもどこか索漠とした色が浮んでいる。

しかし、これはこちらから訊くべきことではないので恵子が黙っていると、山根は続けた。

「家内が二年間ずっと寝ているんです」

「あら。奥様、どこかお悪いんですか」

恵子はびっくりして訊いた。

「心臓です……二年前に病院で手術もしてみたんですが、どうも予後が思わしくない。結局、半年の入院を切上げて家に戻ってきたんだが、やはり、なんにもできないでいるんです」

「いけませんわね」

「おかしな話だが、ぼくが今の週刊誌について、新しい経営者のところに行くのも、一つは、そういう経済的な理由もあるんです」

「………」

「でなかったら、今度の経営者があまり好ましくないと分っていながら、みすみすそこへ身売りしていくような真似はしませんよ」

恵子は返事ができなかった。

「ぼくは、これで家に戻ると、炊事から掃除までひとりでしなければならないんです」

彼は寂しく笑った。

二人は喫茶店を出た。

恵子は、山根がもう少し自分を引留めるかと思っていたが、外に出ると、

「いまのぼくの愚痴は、君だけで含んで置いて下さい」

弱々しい微笑で言った。

「もちろんですわ。誰にも言いません」

「とにかく、これからは、いろいろなことがあると思いますよ」

これは今度の雑誌の移籍問題のことだった。

「君は、これから真直ぐに帰りますか？」

「ええ」

「では、駅まで一緒に行こう」

駅の方へ向う人で道路は混んでいた。駅から来たらしい人の群れも向うから流れてくる。

二人は、雑踏の中を並んで歩いた。

「明日の晩、ぼくは向うの経営者と初めて会うことになっていますがね」

山根はその話をまだ続けていた。

「そのとき、先方の意向が大体分ると思う。ぼくは自分の考えで、はっきりと条件を出すつもりです」

「その約束ができても、あとで先方のほうが破るということはありませんか？」

「さあ、ぼくが心配しているのはその懸念です。その可能性がありそうだな。だが、あとで、向うがどんな出方になるにせよ、約束はしっかりと取付けておくつもりです」

「結構ですわ」

「何しろ、対手《あいて》が海千山千だから、こちらも気骨が折れる」

山根はかすかに笑った。

「まあ、とにかく、向うに移ったら一生懸命にやりましょう。君も頑張って下さいよ」

「分りました」

恵子は自分の眼の前にいくつもの氷塊が流れてくるような気がした。今までは、とにかく安穏だった。家庭という退避所の中にいた。

和夫と別れた途端に外海に乗り出しているのだ。白々とした流氷が波間に揺れながら近付いてくる——そんな感じだった。

山根は切符を買ってホームへ出た。方角は恵子の帰りとは違っていた。

山根の乗る電車がすぐに来た。

「では、お疲れさま」

山根は閉ったドアの中に立ったまま、恵子との間隔が開くのを見ていた。

恵子はホームを歩いた。

山根の話がまだ頭に残っている。

彼が病妻を抱えている事実は初めて知ったことだった。そういえば、最初に山根に会ったときから、ひどくもの静かな男とは思っていたが、そういう孤独が彼にあったのか。

——恵子は忙しい職場から真夜中に帰った山根が、台所などでごそごそと動いている様子を想像していた。

3

恵子はアパートを移った。
三、四日捜して、やっと発見したのだ。かねて頼んでおいた不動産屋の世話だった。
そこは西荻《にしおぎ》の駅から十分ばかり南だった。

商店街がきれて、旧《ふる》いしもた屋の通りになっている裏側だったが、六部屋の個人アパートである。木造家屋の二階建だ。

恵子は二階の一ばん突当りに入った。六畳一間に簡単な台所が付いていて四万円だった。

「いまどき、こういう値段ではありませんよ。駅まで歩いて十分というのが値打ですからね。少々家は旧いが、そのうち、いいところがあったら見つけておきますよ」

肥《ふと》った周旋屋は恵子を案内した日にそう言った。

前のアパートと土地が離れているのが気に入った。ここだとちょっと他人には分りにくい。それに近所の家が多いのも心強かった。ほかの部屋に入っている人のことを聞くと、夫婦者が一組だけで、あとは一人住まいの女性ばかりだった。尤《もつと》も、二人で部屋を借りているのが二組ある。

アパートを移った直後に「週刊婦人界」も「小説界社」に移転した。

編集長の山根が言った通り、旧編集部の人員もほとんどそこに移ったが、臨時雇いは一応解雇になっていた。恵子ともう一人のよく働く男とが特に採用になっていた。

編集部は「小説界社」の社屋の中の一ばん陽当りの悪い部屋を当てがわれた。廃刊になった雑誌の編集室である。

あわただしい気分だった。移ってきた総勢二十人が落着かない気分でいる。それに、前からいる人たちへの遠慮もある。新参というよりも、何か落伍《らくご》者のような気持だった。

そのことが早くも具体的に身にしみたのは、最初の日、竹倉庄造社長が「週刊婦人界」の編集者たちを集めて訓辞したときである。

社長はよく肥っている初老の男だった。白髪の赧《あか》ら顔だ。腹がつき出ているので、いつも絶えずズボンが下るのを気にしていた。

社長の訓辞は型通りの挨拶《あいさつ》から始まった。わが社の発展は、みなさんの新しい戦列への参加を得て、大いに伸びることと思う。どうか、しっかり頑張って下さい、と言った。

そこまではよかった。

社長の熱烈型演説は、次第に熱を帯びてきたが、突然、彼は二十名の新社員を傲然《ごうぜん》と見回し始めた。

「君たちは――」

みなさんが、突然、君たちに変った。

「今までは、どういう社風で育ったか知らないが、わが社には、わが社独特の社風がある。これまでのような、たるんだ気分では困る……」

恵子はその演説を聞いていたが、おや、と思って社長の顔を改めて眺めた。

「わが社は微々たる出版社からここまでのし上った。それには、ひたすら、わたしが努力を重ねてきたのだが、社員もまた、わたしの陣頭指揮に粉骨砕身して応《こた》えてくれたからだ。うちの社風はよそとは全く違うから、そう思ってもらいたい」

竹倉社長の訓示はつづいた。

「お前らは」

昂奮《こうふん》の挙句、言葉までがらりと変った。

「今までの気構えでいたら、とんでもない間違いだぞ。週刊誌は激甚な闘争をつづけている。ちょっとやそっとの働きでは忽《たちま》ち落伍する。わが社はこの新しい週刊誌で既成の勢力に割込んで、大暴れするのだ。また、その覚悟でなければ既成の壁に弾《はじ》き返される」

社長は自分の言葉に自分で昂奮していた。

「いいかね。前の社長はお前たちをどんなふうに待遇していたか知らんが、これからは生れ変ったような気持でオレの命令に服するんだ。勤務も人並みのことをしていたんで は戦争《いくさ》に負けるにきまっている。一人が二人前のつもりで働いてもらうことにする。勤務時間も長い……そこまでせんと既成の週刊誌の中に割込むことはできないのだ。今までのような生ぬるい編集や販売方法をとっていたんではジリ貧になる。これからはオレの命令通りに働いてもらう」

竹倉社長は血走ったような眼で皆の顔を見回した。

「いいかい。オレのやり方に不服な者があれば、今のうちに申し出てもらいたい。辞めることには遠慮は要らん。オレはほかの社長とは少々タイプが違う。ちょっとばかり荒っぽい。その代り人情は持っているつもりだ。オレになついて来る者は、どんなにでも可愛がってやる。その代り陰で不平不満を言う奴は反逆分子として処分する。こういう方針だ……これにとても従《つ》いてゆく自信のない者や不服な者は、今日からでも社を去ってもらう。分ったな」

聞いている一同の中からは声も出なかった。

竹倉社長は呆然《ぼうぜん》とした皆の顔を得意げに見回して、

「みんなしっかりやってもらいたい。終り」

と、言うと、ズボンをゆすり上げて皆の前から離れた。子飼いの幹部社員らしいのが二、三人、横で聞いていたが、社長が動くと、早速、彼を取り巻くようにしていっしょに部屋を出て行った。

二十人の者がぼんやりとした顔をただ見合わせるだけだった。

この編集部の窓から隣の近代的な建物が見える。そこでは社員たちが帳簿を開いたり、計算機を動かしたりしていた。

恵子はそれを遠い景色のように眺めた。

「山根さん」

一人の男がやっと声をかけた。

「あれが社長の訓示ですか?」

その声に背中を叩《たた》かれたように皆がざわめきはじめた。山根は腕を組んで首を垂れている。

「あれが出版社の社長か」

「まるで土建屋の親方だ」

「われわれはこのまま黙ってあいつの言う通りになるのか」

そんな声が恵子の周囲から起ってきた。

恵子は山根を見つめた。

「大へんな人がいたもんだね」

彼女のうしろからも、感嘆とも反感ともつかない声が聞えた。

みんなが山根の姿を見ていた。このまま引っこんでおく法はない。今の言語道断な社長の言葉に断然抗議すべきだという催促の眼が、山根のしょんぼりと立った姿に集っていた。

「山根さん」

たまりかねたように、ひとりが山根の肩を摑《つか》んだ。

「いまの社長の言葉は、あれは正気ですか？　ひどい言い方だ。全くわれわれを侮辱している。あんたは責任者だ。一体どういうことであゝいう発言をしたのか、社長からはっきりとした返事をもらってきて欲しいですな」

この男はデスクをしている河本だった。優秀な編集者で、いつも目新しいプランを立てている。それだけに編集員の中では一方ならぬ実力者だった。

「これじゃ、ぼくらは不安で仕方がない。山根さん、ぜひ、あんたが行って、いまの言葉が社長の真意なのか、それともハッタリなのか、確かめてきてもらいたいな」

山根は顔を上げたが、少し蒼《あお》ざめていた。

「分った、今から聞いてくる」

山根は案外落着いた声で言い、

「待っていてくれ」

と、彼はみなの視線に送られて、大股《おおまた》で部屋を出て行った。

みなはまだ馴《な》れない椅子の上に腰を落した。黙って煙草を喫《の》んでいる者もいる。三、四人集って昂奮した口調で話し合っている者もいる。

重苦しい空気だった。

「あれが社長の言う言葉かい?」

ひとりが言っていた。

「まるで、ならず者の言い方じゃないか。第一、ぼくらを摑まえて、お前らとはなんだ、まるっきり蔑視《べっし》している」

「これからが思いやられるな」

ひとりが嘆息した。

恵子はその最後の声を聞いたとき、編集者としてではなく、はじめて勤め人の嘆声を耳にしたと思った。

この人たちは、雑誌といっしょに新しい経営者のもとに入ったのだ。いま社長の無神経な言辞を憤《おこ》っているが、さりとて、憤慨のあまり席を蹴《け》って辞めるということもない。それぞれの生活に経済的な負担があるからだった。

殊に、編集者はツブシが利くようで、案外融通の利かない職業なのだ。まだ普通の事務員のほうが傭《やと》い主にとっては使い易い。

編集者くずれという言葉がある。そうだ、あの大村がいい例だった。大村も以前にはある雑誌の編集者だったという。

どこの出版社も、他社に勤めていた編集者は歓迎しない。それで、彼らは二流、三流の出版社へと流れて行く。自然と収入も不安定になる。いま、これからが思いやられるな、と思わず出た男の嘆声には、そういう不安定な生活と、新しい雇用主に対する危惧《きぐ》とが混っていた。

だから、みなの顔には口で言うほどの強さは見られなかった。山根が戻ってくるまで、重苦しい空気が全員の身体を締めつづけていた。それは新参者の不安でもあった。

山根が戻ってきた。彼が出て行ってから十分ばかりだった。

みなの眼が彼の姿にそそがれている。その様子はこの部屋を出て行ったときとあまり違わなかった。相変らず表情は暗いのである。

恵子はそれを見て、竹倉庄造社長とかけ合った山根は逆に強く社長に何か言われたのだろうと想像した。山根の眼の表情には、もの憂げななかにも口惜《くや》しげなものが見えていた。

一同は山根の周囲に集った。

「社長に会ってきたよ」

山根はみなの眼に包囲されて口を開いた。

「どう言ってた？」

デスクの河本が訊《き》いた。

「ぼくは竹倉さんに、さっきの訓辞は社長の真意を誤るように聞える、と言ったんだよ。

だから、みんなの前で訂正してもらえないかと申し込んだんだ」

「それで？」

「竹倉さんは、その必要はないと言うんだ」

「なに？」

　全員が山根を見つめていた。

「社長の言葉をそのままここで取次ごう……なるほど、君たちにはぼくの言葉が乱暴に聞えたかも知らん。また、お前らと言った言葉が不穏当に取れたかもしれない。だが、雑誌社の競争に耐えるには、それくらいの気概がなければ成功はおぼつかないのだ。よその社長は知らないが、自分はこういう流儀で社員を叩き上げてきた。だから、一介の小書店から伸びてきたんだ。……まあ、こういう調子だ」

「そいじゃ、あの乱暴な言葉を訂正しないんだな」

　と訊く者がいた。

「そうなんだ。全然、その必要はないと言ったね。……君たちは今までホワイトカラー意識で育ってきた。そんなものは、新しい事業には糞《くそ》にもならない。激しい業界の競争に打ち勝つには荒武者のような魂を持たねばならぬ。君たちは、移ってきたばかりでよく分らないだろうが、自分は君たちだからといって軽蔑《けいべつ》して言ったのではなく、前からいる社員に、こういう方針で臨んできているのだ。それがここの仕事だ。これからも君たちを激励する場合には、バカ野郎とか、しっかりしろとかいう、乱暴な言葉が飛ぶかもしれん。だが、それはぼくの愛情の表現で、決して社員が憎いからではない。あくまでも、社の仕事を思ってのことだ。社がよくなれば、君たちもよくなる……こういうことを言うんだ」

誰もが声を呑《の》んでいた。

山根は空いた椅子に力なく腰を下した。

「噂には聞いていたが、まさか、これほどとは思わなかったな。みんな、こういう社に留《とど》まるかどうか、これから協議しようではないか？」

河本が言い出した。

それで、一同の間にようやく動きが出た。

週刊の編集者たちだけで、その場で会議が持たれた。

それは哀れな新参者たちの相談であった。賃上げ要求でもなく、待遇改善の突きつけでもなかった。他所者《よそもの》が新しい傭い主に引取られたときの戸惑いであった。敗残兵の心理に似ていた。

新しい主人が気に入らないといっても、自分たちは、雑誌に付いて経営者から経営者に引き渡されたのであった。雑誌「週刊婦人界」が主体で、人間はその付録であった。しかし、社長の竹倉庄造は、できれば「雑誌」だけを取りたかったかもしれないのだ。しかし、それでは穏当を欠く。「週刊婦人界」の譲渡交渉も、編集者たちの反対で円滑にゆかないと考えたから、いやいやながら引取ったのだといえよう。

だから、竹倉社長は、はじめから彼らを優遇する気持はないのだ。引取ってやったのが恩恵なのだ。いやなら辞めればいい。

それに、竹倉が言うように、この社に前からいる編集者たちは彼のやり方に馴らされてきているに違いなかった。オレはオレのやり方で社員を統率しているのだという言葉は、あながち嘘ではないのだ。

もう一つ竹倉社長の気持を考えると、よその社から移って来た連中に、まず、一喝をかませて威《おど》かしてやろうという魂胆もあったに違いない。なまやさしいことでは、煩《うるさ》い連中を自分の言いなりにならせることはむつかしい。悪くすると、この連中の影響を、逆におとなしい前からの社員たちが受けるかもしれない。

山根を初め編集者たちは相談したが、誰にもいい考えが泛《うか》ぶはずがなかった。すでに山根自身が社長のところに行ってその本性を見届けて来ている。

これが賃上げだとか待遇改善の要求だとかならば、条件的な歩み寄りということもある。だが、これはそんな具体的なものは一切なかった。こちらから社長の態度を改めてほしいと言っても、単にそれを申込むだけのことだった。一切は竹倉社長に主導権があった。

ストライキをやっても無駄なことだった。或《あ》いは、それは竹倉社長の術策に陥ることだ。なぜなら、社長としては、雑誌といっしょについてきた連中を首切って、自分の言いなりになる新しい社員——それも安くておとなしい編集者を得ることが望ましいからである。新経営に移ってみれば、雑誌が一か月ばかり出ない時期があってもさして痛痒《つうよう》を感じない。

あらゆる点で、これは新参の編集者たちの負けだった。生気のない、絶望的な雰囲気の中で相談は何一つ具体的なまとまりをみせなかった。

みなが環《わ》を崩した。

廊下から何人かがこちらの様子をのぞきに来ていた。竹倉社長の命を受けた偵察に違いなかった。

皆は、結局、今後の社長の出方を見ようという結論になって引き上げることにした。結論にもならない結論だった。

「週刊婦人界」の編集者たちはその建物を出ると、夕暮れ近い風景のなかに散って行った。

みんなは生気をなくしていた。彼らのある者は仲間を誘って酒を呑みに回った。酒を呑んで紛れるような憂鬱《ゆううつ》ではなかった。もっと深刻な不安である。これからしばらくは、このような状態がつづくに違いなかった。

パチンコを弾《はじ》きに行ったり、映画を見に行く者もいた。酒を呑むにしてもどうせ屋台のようなおでん屋だろうし、映画館にしても八〇〇円均一ぐらいの三流館に違いなかった。その瞬間だけ気持が紛れればいいのである。

恵子が国電の水道橋駅ホームに立っていると、改札口から山根の姿が入ってくるのが見えた。

山根も近くにきて恵子の姿が分ったらしい。

「やあ」

彼は恵子にほほえみを見せた。

「今日はお疲れさま」

「いいえ」

恵子はかえって気の毒になり、

「いろいろ大へんでしたわね」

と、山根の顔に言った。心なしか、まだしょんぼりとしていた。

「あなたも社長の訓示を聞いておどろいたでしょう？」

「ええ、そりゃびっくりしましたわ」

「われわれはどうなるか分りませんな」

山根がぼそりと言った。

「みなにはこんなことは言いませんがね。しかし、この調子だと、ぼくらは初めから除《の》け者《もの》にされているんですな」

「今日のあの空気で、わたしもそれを感じましたわ」

「まあ、一どきに辞めさせるということはないでしょうがね」

山根は言った。

「社長としても早く第一号は出したいでしょう。みんなの首を切ってしまえば人員が揃うまで雑誌が出ないことになるから、一応はみなをなだめる恰好《かっこう》で引きずってゆくと思いますね。だが、こわいのは、そのあとだ。おそらく、竹倉社長はなし崩しにわれわれの首を切り、だんだんに新しい人間と入れ替えるようにすると思いますよ」

そう聞くと、なるほど、それはあり得るように思えた。

「それで、山根さんはどうなさるおつもりですか？」

その返辞がある前に電車が入って来た。二人は話を交すよりも、人混みに揉《も》まれて電車のドアの中に吸い込まれるのが精いっぱいだった。

電車は混み合っている。ここでは恵子も山根とばらばらになっていた。

今の話を聞いても、自分の職場が長くはないように思われる。山根の話は、それとなく恵子に身の振り方を今のうちに考えておくようにという忠告にも取れた。

電車が新宿駅に着くと、車内は急に客が少なくなった。山根が空いた席を指して恵子に来るように合図していた。

新宿駅では半分の客が降りてしまう。次の客が乗るまで僅《わず》かな真空地帯があった。

その隙に恵子は山根の隣に坐《すわ》った。

「おや、あなたはこのままずっと乗りつづけるんですか？」

山根は恵子の前の住所を憶《おぼ》えていて怪訝《けげん》な顔をした。

「ええ、こんどアパートを越しましたの」

「ほう。どこですか？」

「西荻の近くなんです」

恵子は自分のアパートを誰にも告げたくなかったが、山根には仕方がなかった。それは山根個人に対してではなく、編集長だからだ。編集長は部下の住所まで掌握しておかねばならない。

「そりゃ初耳ですね」

「前から人には言いたくなかったんです……いろいろ事情がありましたから」

彼女は低い声で言った。山根は黙ってそれにうなずいた。

電車は大久保《おおくぼ》のガードの上を音立てて走っていた。

それにしても、この中央線にいっしょに乗っている山根の家はどこであろうか。

「ぼくは国立《くにたち》のほうにいます」

彼は恵子の問いに答えた。

「もう少し都心に近いほうへ出たいと思っているんだが、つい、そのままになって……」

山根は明るい顔で話していた。しかし、気持の中は重いに違いない。

しばらく言葉が切れた。

話題が見つからなかった。恵子もあまりに生々しい先ほどのことにふれたくなかった。

いつの間にか西荻近くなってきた。

恵子が挨拶《あいさつ》して起《た》ち上ろうとすると、山根もつづいて起った。恵子がおやと思ってい

ると、

「西荻ですね。では、ぼくも降りましょう」

山根はあっさり言った。

恵子ははっとした。山根も大村と同じようように恵子のアパートにのこのこと来るのかと思った。

「実は」

ホームから出口のほうへ歩きながら山根は寂しいほほえみを泛べた。

「妻が寝たままですからね。ときどき、牛肉を買ってスキ焼きをしてやると喜ぶんですよ。どうも国立のほうにはいい肉がないもんですから、この辺で買って帰るんです」

恵子は、自分の邪推が恥しくなった。

駅から出ると、市場は商店街に行く途中にあった。

山根は立停って、そこで恵子と別れようとした。恵子は迷った。このまま別れたい気持と、山根の買物を手伝ってやりたいという気持とが瞬間に交錯した。が、恵子は結局そこで山根と別れることにした。彼の買物の手伝いをするというのも変だし、またそういうことで妙な交際になるような素地を作りたくなかった。

彼女は新しいアパートに帰る途中、山根が肉屋の前でこまかい買物をするのを想像していた。

五章　変　動

1

アパートが替っただけに今までの気分から解放された。前のアパートでは、やはり和夫との生活の延長しか感じられない。ただ、ひとりになったというだけで、どの壁にも、畳にも、別れた夫の臭いやシミが付いている。それに、前のアパートだと住人たちが恵子の生活を裏まで知っている。ここではそういう関係から全く遮断されている。まるでよその国に移ったようだった。広い東京の有難さである。

部屋は六畳一間だが、窓から見ると今までの景色と違っているのも嬉《うれ》しかった。近所に屋根の多いのは変りがなかったが、遠いところに雑木林が見えるのだ。それも眼に新しい。

しかし、恵子はまだ落ちつかなかった。前のアパートには、一年の生活が部屋に沈澱《ちんでん》していた。それがたとえ濁った空気でも、とにかく、生物的な居心地があった。

そういう意味では、ここは馴《な》れていない。前よりは快適だが、気分的にしっくりとしないのである。

恵子は、今日の山根を中心とした新しい職場の動きを考えてみた。これからが大へんだという予想はある。山根の言うように、新しい経営主が雑誌といっしょに移ってきた編集者をなし崩しに首切ることも当然に考えられる。

生活の不安がすぐに泛《うか》んだ。しかし、自分一人だから気はそう重くなかった。山根は大へんだろうと思う。病妻を抱えて新しい就職口を捜すのは骨である。それに、経済的にも余裕がないに違いなかった。

殊に編集長という職歴があれば使いにくいので敬遠されがちである。山根のほかにも年配の編集者がいる。口ではみんな強いことを言っているが、身分を保障されない雑誌記者の悲哀がさらけ出ている。

編集方針も変るだろう。あの竹倉社長のような性格だと、今までの「週刊婦人界」の色合では気に入るはずがない。

してみると、山根を始めいっしょに来た連中は、仕事上の昏迷《こんめい》と、生活上の危機とに直面しているわけだった。

そんなことを考えながら、いつの間にか恵子は睡った。

すると、夜中に騒がしい声が聞えて眼を醒《さ》ました。部屋はうす暗いスタンドだけをつけている。声はどうやら廊下の向い側からのようだった。そこは女一人いる部屋だが、管理人から聞いた話だと、新宿のバーのホステスということだった。

男の声がしている。話の内容までは分らないが、女の声と絡み合ってうるさく騒いでいるようだ。時計を見ると午前一時だった。

女の一人の部屋だと聞いているから、これは外から来た客だ。バーの女だから、客といっしょに戻って、酒をのみながら賑《にぎ》やかな話をつづけているのであろう。

恵子はまた睡った。

翌《あく》る朝だった。

恵子は早く眼が醒めた。元から、七時半になると習慣的に眼が開く。どんなに遅くまで仕事をしていても、その時刻になるとひとりでに醒めるのだった。

越して来たばかりなので、洗濯物が溜《たま》っている。九時までに出勤しなければならないので、その間に洗濯物を片づけ、物干しにかけて出かけるつもりだった。

部屋には洗濯する場所がない。それは共同で廊下に付いていた。

恵子が蛇口の下で洗濯物をゆすいでいると、廊下の角から人影が現われた。男のようだったが、彼女は洗濯をつづけた。

男は顔でも洗うつもりらしい。ワイシャツの肩に手拭《てぬぐい》が掛っている。

恵子が洗濯物を片方に寄せるため盥《たらい》を動かしたときだった。

恵子の眼と、その男の眼とが正面から出遇《であ》った。

こちらも声を呑《の》んだが、向うでも眼を飛び出さんばかりにして見ている。

「あ」

両方から同じ声が出た。

大村が茫然《ぼうぜん》と立っていた。

恵子は、その瞬間、大村がこのアパートに住んでいるものだと思った。それでおどろいたのだがつづいて廊下の角から、頭を乱した縮れ毛の若い女がネグリジェの姿で現われたのにはびっくりした。

「ねえ、あんた」

女は恵子を無視して大村に言った。

「歯ブラシと歯磨をここに置いとくわよ……顔は剃《そ》らないの？」

大村の顔が複雑になった。恵子は急いで洗濯物に眼を戻した。

「もし、髭《ひげ》を剃るんだったら、安全カミソリくらいあるわよ」

女は大村と恵子の間を全然気がつかないらしい。

「ああ、いいよ」

大村は仕方なさそうに女に応《こた》えた。

「でも、相当伸びてるわ。剃ったほうがいいわ」

「いや、かまわない」

「そう」

女はそのまま背中を返して廊下の角に消えた。スリッパの音がぱたぱたと鳴っている。

「おどろいたな」

大村は度胸を決めたらしく、ニヤニヤして恵子のほうに顔を向けた。

「君がこんなところにいるとは知らなかったよ。いつ移ったんだい？」

言葉も乱暴になっている。バーの女の部屋に昨夜泊ったことが恵子にバレたので、完全に居直った感じだ。こうなると、大村の図太さだけが露骨に出てくる。

「ねえ、君。いつ、こっちへ越したんだい？」

恵子は返事をしないで、水音立てて洗濯物をゆすいでいた。

「あっはははは。口ぐらいきいたっていいじゃないか……しかしね、ぼくがこんなところに泊っていたなんて、例のうるさい女史には絶対に内緒だぜ」

大村は梶村久子にこのことは黙っていろと、ヌケヌケと頼むのだった。

恵子は口も利きたくなかった。大村のだらしない恰好《かっこう》が不潔なかたまりに見える。その性格は分っていながら、現実に眼に見ると、嫌悪で胸が悪くなりそうだった。

「言うもんですか。梶村先生に逢《あ》う必要もありませんわ」

彼女は手早く洗濯物を盥の中に納めた。

「そうか、頼むよ」

大村は梶村久子がよほどこわいらしい。完全に飼われているのだ。

恵子が盥を持って部屋に戻りかけようとすると、大村がその前に立ちはだかるようにしてニヤニヤと笑いかけた。

「まさか君とここで逢おうとは思わなかったな。まんざら知らない仲ではなし、このまま部屋に引込むこともないだろう」

「あなたには用事はありませんわ」

恵子は顔を背けて大村の脇を通ろうとしたが、廊下が狭いので、無理に通ると彼の身体にふれそうだった。大村がまたわざとそういう位置に突っ立っている。

「この間は失敬したな。迷惑をかけた」

そんなお体裁も恵子は聞きたくなかった。

「なにしろ、あのばあさんはヒステリーだからね。頭にくると、ところ構わず喚《わめ》き散らす。まあ、一種の神経過敏だ。悪く思わないでほしいな」

「そんなこと、もう何んとも思ってませんわ……そこをのいて下さい」

「君の部屋はどこだね？」

「どこでもいいわ。あなたには関係ないもの」

「教えなくとも、この狭いアパートだからすぐ分るがね」

恵子はきっとなった。

「絶対にわたしの部屋なんかにこないで下さい。迷惑しますわ」

「そうかな？」

大村は懐ろ手のまま顎《あご》でも撫《な》でかねない様子をしている。

「絶対にお断わりします。もし、変なことをなさると、今度こそ大声で人を呼びますから」

「ふん。まあ、そうぼくを警戒したものでもあるまい。それに、君は、今度、『週刊婦人界』に付いて小説界社に移ったそうだな？」

「…………」

「君をあすこに世話したのはぼくだよ。ぼくが山根に話したから君が入れたんだ。いわばぼくは君の世話人の立場だ。移ったら移ったで、ちょっと口の挨拶《あいさつ》があってもいいと思うがな」

「…………」

「もっとも、君が知らぬ顔をしても、ジャーナリズムの世界は案外狭いからな。どこの雑誌が潰《つぶ》れて、どこの出版社でどんな本が出版されるか、また、編集者がどこにどう移ったか、翌る日のうちにぼくに分ってしまうんだ」

「それに、あの小説界社のことではぼくもまんざら関係がないではないから、およその内情は分っている。そのことでも君の耳に入れてあげたいんだ。これは重要な参考になる」

恵子は、今度の会社のことで大村が教えてやりたいことがあると言った言葉に、瞬間、心が動いた。

大村はジャーナリストの間に顔がひろいし、雑誌社や出版社の動向にも詳しい。だから、彼の口から相当根拠のある事情が「小説界社」について聞けるかもしれない。

目下、山根を始めみんなが移ってきた会社の意図を知るのに苦しんでいる。大村の耳打ちは、それが分る絶好の暗示かもしれない。

そう考えたが、しかし、それを聞けばこれからの大村の接近を許すことになる。恵子は激しく首を振った。

「結構ですわ。そういうことはあなたから伺わなくてもいいんです」

「そうかね」

大村は、やはり恵子の前に立ち塞《ふさ》がっている。肩にタオルを載せた恰好が余計に無頼漢めいてみえる。

「ほかの者に訊《き》いて分るかな？　ぼくぐらい詳しい者は、そうザラにいないはずだ。これで、もう、十二、三年もジャーナリズムの世界で飯を食ってるんだからな」

「わたしがそんなものを聞いてもはじまりませんわ。そういうことでしたら、編集長に言って下さい」

「ふん、山根か。あいつは駄目だ」

彼は唾《つば》でも吐くように言った。

「あんなのは編集長の値打ちはないよ。人間はぐずだし、決断力はないし、着想も古い。おとなしいだけが取柄だ。しかし、そんなものは編集者としてはマイナスになりこそすれ、決してプラスにはならないからな。人間的には少々欠点があっても、編集長というものはな、もっとエネルギッシュな、意欲の溢《あふ》れる、才能の豊かな、そういう人間でなくちゃ駄目だ」

それはおれのような男だ、と言いたげな傲慢《ごうまん》な表情をしていた。

「とにかく、どんなお話でも、わたくしはあなたから何んにも聞きたくありません……そこをどいて下さい」

恵子は金盥《かなだらい》を小脇に抱え、思い切って大村の横をすり抜けた。通るときに彼から肩でも摑《つか》まれそうな感じがしたが、さすがに大村は手出しをしなかった。

角の廊下を曲った途端、さっきの女と出逢った。女はネグリジェだけは着更《きか》えていたが、皮膚の冴《さ》えない荒廃した顔をしている。彼女は本能的に恵子をじろりと睨《にら》んだ。

恵子は部屋に戻った。

洗濯物を窓の外に干しながら、急に気持が乱れてきた。ここに越して来たのも、一つは大村があのアパートにまたやって来そうな予感がしたからだった。それがまるで待受けでもしたようにここで出遇《であ》ったのだ。――

大村の性格として、このまま黙って引き退《さが》るとは思えない。あの様子ではバーの女の部屋に始終来ているようだから、その留守を口実に恵子の部屋へ侵入してくるように思える。

恵子は、戸閉りを入念にしなければならなかった。

大村が女といっしょに向いの部屋に戻ってゆく気配がした。恵子は肌を撫でられるような気持の悪さをおぼえた。

落ちつかない編集会議がはじまった。

2

しかしだれにも真剣に企画を検討するような表情はみられなかった。特集も、臨時の読物も、いわば惰性的なものに落ちつくほかはないようだった。

経営者が変ったというだけで、雑誌自体はそのため急に変えることはできない。連載物はともかくとして読物やコラムなども前からの色合いで埋めることにした。ただ、取材活動がその騒ぎでできなかったので、手持原稿や組置きを使うよりほか仕方なかった。

問題は特集だった。これも前に取材して保留したものが二つほどある。特集は絶えず三本ぐらいは並行して取材しているので、その時期によって飛び込みものが面白いときにはほかのものが残される。今度のような場合は、その保留原稿が思わぬ役に立ったわけである。

編集会議は山根を中心に行われたが、やはり今までの線で行くほかはないと決った。「週刊婦人界」はそれなりの特色を持っている。多少、真面目すぎるという批判はないではなかったが、そこがまた好感を持たれて、それなりの特色で売れていた。

その会議の最中だった。

社長の秘書が山根を呼びに来た。山根が何気なく起《た》って行くのを恵子は眼で追った。

やがて、山根が憂鬱《ゆううつ》そうな顔で席に戻ってきた。彼はがたんと椅子の上に腰を落したが、元気のない姿にもどこか昂奮《こうふん》が現われていた。社長の呼び出しは雑誌の編集方針についての話だと、だれもが想像していた。

「いま、社長に呼ばれてね」

山根は悲壮な顔で言った。

「編集方針を今までとは変えてくれというんだ」

みんなは息を呑《の》んで聞いていた。

「社長の言うには、これまでの『週刊婦人界』は堅すぎていけない、あれでは売れるはずがないというんだ……」

「そんなことはないだろう」

煙草を吹かしながら河本が言った。

「うちの週刊誌は固定読者がついている。確実に三十万は出ていたはずだ。週刊誌の中でも中位の売れ行きだよ。貧弱な編集費と人員とで出してるにしては上々のほうだ」

みんなそれに賛同したようにうなずいていた。

「ところが、竹倉社長はそう言わないんだな。もちろん、売れ行きの実数は社長も知っている。だが、これでは満足できない、もっともっと飛躍させて一挙に五十万を目標にしてくれというんだ。それから将来、六十万、七十万とふやしたいというんだ」

「それで？」

デスクの河本は何か言いたい質問を止めて話のつづきを促した。

「それで、従来の編集方針ではとてもこの目的達成にはおぼつかない。今後は今の内容をもっと砕いたものにしてくれというんだ」

「砕いたもの？　すると、はっきり言えば、エロ的な内容にしろというのだな？」

一同は重い沈黙に落ちた。

今後は雑誌にセックスを入れろという社長の要求は、しかし、みなの予感にないことではなかった。

週刊誌にエロ記事を盛れば売れ行きがよくなるというのは雑誌社営業部の持っている抜きがたい信念であった。その方針で成功した週刊誌もある。売れ行きが落ちた場合、第一に考えられる対策が、エロを入れたら、という誘惑であった。営業部の永遠の魅力であった。

「週刊婦人界」も過去にはそのような誘惑にとりつかれたことが幾度となくあった。その毎に編集部で反対した。何んとか売れる雑誌にするといって頑張った。エロ記事を集めるのはやさしいが、それに対抗する紙面をつくるのは、何十倍もの苦労であった。営業部の申入れを断わっただけに、エロをのせないで売れる雑誌にする困難は非常なものだった。雑誌を愛している編集者でなければやれることではなかった。安易な仕事をするほうが何十倍か楽なのである。

「週刊婦人界」は、幸い、その方針で好評をもたれてきた。爆発的な売れ行きはなかったが、まず堅実な部数を確保していた。評論家が週刊誌評を書くと、必ずといっていいほど「週刊婦人界」を称讃《しょうさん》した。

だが、この方針は前の経営主の理解があったからこそ出来たのである。経営主が替れば、崩壊するおそれは十分にあった。殊に小説界社は、永い間低俗な大衆雑誌を出している発行元として知られている。今までの「週刊婦人界」の編集方針とは、どう考えても合うはずはなかった。色合いがまるで違うのである。

山根が社長の方針を伝えると、とうとう来たか、という思いが編集者たちの胸の中に重く落ちた。これまでのように抵抗は出来なかった。単なる営業部からの申入れではなかった。竹倉社長の至上命令なのだ。

ある程度は仕方がないだろう、と誰もが思っていた。ただ、これまで苦労して折角つくり上げた「週刊婦人界」の特色ある色調が、ここで全面的に崩壊に直面したのだった。

「それから、もう一つ社長の申入れがあったよ」

山根が口を開くと、みなの顔はぴくりと動いて彼を一斉に見つめた。

「今後、この週刊誌は、新しく竹倉社長が編集局長を兼務して総括するといっている」

いよいよ社長が乗り出したのだ。息苦しい沈黙がつづいた。

「それと、もう一つある」

山根も沈鬱《ちんうつ》な顔で言った。

「その下に編集部長を置くというんだ。これは『娯楽小説』編集長の前川一徳さんが就任するというんだよ。ぼくの編集長はそのままだ」

「何んだって？」

河本が顔を突き出した。

「すると、社長兼編集局長、編集部長、編集長という命令系統になるのか？」

「そういうわけだ」

山根は力のない声で答えた。

社長兼編集局長、編集部長、編集長。——

誰が考えても、山根の発言力がずっと弱まることは分る。いや、それを考えての新機構ともいえる。

「編集局長は分るが」

河本は言った。

「編集部長と編集長とは、どう違うんだね？」

「さあ、ぼくにもよく分らない」

山根は弱い微笑を洩《も》らした。

「多分、ぼくの目付役だろうな」

「変な機構改革だね」

河本は乱暴に烟《けむり》を吹かした。

「すると、その編集部長が編集会議にいちいち顔を出すのかな？」

「次回から出席するらしいよ」

「すると、いちいち口を出されるね」

誰もが山根の姿に視線を注いでいた。ここにも竹倉社長の攻勢が早くも出ている。旧「週刊婦人界」編集陣は一挙に影がうすくなったのである。

山根は一応柔らかく「目付」だろうといっているが、もちろん、そんなことで済むわけはない。悪くすると、山根を飛び越えて編集部長に伺いを立てないと、編集方針も取材の決定もできないのではなかろうか。つまり、山根をすぐに首にすることができないので、一応、編集長の名前を残し、実質的には編集部長が彼の職責を取上げる恰好《かっこう》になるのではなかろうか。

「編集部長になる前川一徳というのは、どういう人間だな？」

河本がみなの疑問や意見を代表した恰好だった。

「よくは知らないが、永い間、ああいう大衆雑誌畑で来た人らしい」

「そんなのに週刊誌の感覚が分るのかな？」

河本はつぶやいた。それは、そこに円陣を作って集っているみなのつぶやきでもあった。

「妙なことをされると、雑誌が駄目になる」

雑誌は小説界社の手で引受けられたとはいえ、もともと自分たちが作ってきたといういて、編集者がよそから移ってきた場合なら、こんな思いはしないが、いわば手塩にかけてきた愛児を他人の手で勝手にしつけられ、育てられるようなものだった。

愛着があった。それだけに諦《あきら》めがつかないのである。これが小説界社の手で発行されて
「それから小説のことだが」

山根は言った。

「社長は現在の連載小説がどうも弱いというんだよ。そこで、もう一本ふやしたい意見だ」

「成算があるのか?」

「あるらしい。はっきり作者の名前も言った」

「誰だ?」

「梶村久子さんだ」

「なに、梶村久子?」

河本はぽかんと口を開けた。その意外さは、そこにいる編集者たちに共通したものだった。

「梶村久子に何を書かせようというのかね?」

「エロものらしいな」

「エロだって?」

「ああ、梶村女史はいま危いところに来てるからな。この辺で大いに居直ってエロを書

きまくるらしい」

梶村久子の名前を聞いて恵子ははっとした。

新しい連載小説に梶村久子を起用するというのだ。おりがおりだけに恵子の眼に、突然、大村の顔が大きく泛《うか》んだ。

編集部の誰もが意外に思っているように、梶村久子は近ごろさっぱり仕事が霞《かす》んでいる。一時代前は、女流作家には珍しく男っぽい作品を発表して相当な売れっ子であった。

女流作家はほとんどといっていいくらい繊細な心理描写を行う。ところが、梶村久子は荒削りな題材と描写とで異色の世界を作っていた。批評家もそういう時期の彼女に称讃を送った。読者の人気もかなりついていた。

だが、次第に彼女はその地金を現わしてきた。彼女の書く荒削りな描写は、実は索漠たる神経のなせるわざだった。大きな題材に挑んで、女性には珍しく社会的な作家だといわれていたが、それも彼女の思いつきにすぎなかった。女心の微妙さをわざと書かないのではなく、感受性に乏しいため書けなかったのである。また、その後、彼女以上に社会的な対象に眼を向ける優秀な男性作家が現われてからは、彼女の存在が急にうすれてきた。

梶村久子は、次々に新進女流作家が誕生したり、新人が中堅にのし上って来たりして、いつの間にか各雑誌の連載小説から影を潜めるようになった。ときたま、短篇小説を発表していたが、それも数が少なくなってしまい、最近では有名な女優たちとインタビューしたり、身上相談の回答者になったり、あまりぱっとしない随筆などで誤魔化している。

どの編集者も、も早、梶村久子を有力な作家として考えていないとき、小説界社では突然その名前を持ち出したのだった。

なぜ、梶村久子に眼をつけたのか。

いま、梶村女史が思い切り居直ってエロを書くと聞いたとき、その意図が分らないでもなかった。梶村久子は自身の凋落《ちょうらく》に気があせっている。

だから、昔のままの作品はあっさりと棄てて、この辺で思い切ったエロチックな小説を書き、その方面でカムバックしようとしているのではあるまいか。最近では経済的にもあまり恵まれていないらしい。そういう原因もあるだろうが、それよりも彼女の名誉心が新しい出発を考えているのであろう。

もともと、彼女は男のようにぎすぎすした筆致の作家だった。居直って書くとすれば、これは相当なきわどいものになりそうだった。

「梶村さんのところには、こっちのほうから誰か行ったのかな?」

デスクの河本が山根に訊《き》いた。

「それもあるだろうが、その前に誰かが梶村女史を社長に推薦したらしい」

山根がぼそりと答えた。恵子は息を呑《の》んで山根の顔を見つめる。やはり予想通りだった。

「それは誰だい？」

「さあ、そいつは見当がつかないがね」

いや、見当はついている。山根は知っているのだ。何よりもその暗い顔色が答えている。

3

「週刊婦人界」の編集について、竹倉社長から当面の新しい方針が出された。

雑誌は差し当り二回分を休刊すること。その代り次号は記念合併号として特大号を出す。

その準備のために十日ばかり編集部は取材にかかりきることなどが言い渡された。

こういう命令を聞いてくるのも山根だった。

山根は社長から頭ごなしに言われているらしい。

そういえば、部屋も組み替えになった。

編集部には新しい編集部長の席が作られた。それは山根の上に置かれた。だから、普通の眼には編集部長が編集長で、編集長が次長といった妙なかたちになった。

編集部長になった前川一徳は、小説家のように長い髪をして、背は低いが、ずんぐりとした胴体をしていた。顔がいつも赤黒い。大そうな酒呑みで、酒がないと一晩でもまっ直ぐには帰れないといった男だった。四十前だが、傲慢《ごうまん》な態度で編集部員たちを睥睨《へいげい》していた。

それは恰《あたか》も征服者の代表が一人で占領地に乗り込んで来たといった恰好だった。初めから親しみを持とうとはしない。彼は大きな眼をむきながら、無愛想に椅子の上に股《また》をひろげていた。

ただ彼が話しかけるのは、編集長の山根と、デスクの河本の二人だけだった。これは仕事だからやむを得ず話をするのだと言いたげな態度だった。

編集部員が受けた命令は、新方針に従ってそれぞれ企画を提出することだった。それは今まで通りだからいいのだが、新方針とは、いわゆるエロ記事なのだ。

それを片端からけなしてゆくのが前川一徳だった。

「駄目ですよ、こんなものは」

彼は大声で山根と河本に言った。

「こんなのは、今までどこの雑誌もやっていますからね。もっと新しいのはないですか、新しいのは？」

その声はわざとみなに聞えるような喚《わめ》き方だった。

「社長はね、今度のこの雑誌に社運を賭《か》けているんですからな。生やさしい企画では社長の眼にパスしませんよ」

一体、どちらが編集長か分らなかった。建前の上では、編集長が実務を見て、編集部長が総体をまとめているところであろう。それが常識的な解釈だったが、実権は完全に最初から前川一徳に移されていた。

前川は、そんなある日、大きな紙に表みたいなものを書いてみなに見せた。のぞくと、それは各週刊誌の売行部数と、その特徴が挙げられていた。

前川は、エロチックな特色を出してうけているある週刊誌を、指の先で叩《たた》いた。

「ほれ、これはこんなに売れている。分るでしょう？やっぱり社長の眼は高いんですよ」

今度は別の週刊誌を出した。

「この雑誌も、この号はこんなに売れている。よく調べてみると、このときの記事がエロなんですよ」

前川編集部長は、いかに社長の方針が正しいかを伝え、その特色を強調するのだった。

二十人余りの編集者は生活の不安にさらされていた。雑誌の移籍といっしょに一応引取られたかたちだが、これについての条件が何一つ編集者側から付けられていなかった。

今になってそれが甘い考えだと分った。「週刊婦人界」の編集者はいずれも、雑誌が新しい出版社に移るから、編集者も当然そのまま無条件に雇傭《こよう》されると思っていたのだった。そこに自分たちだけで雑誌を作っているという錯誤があった。

それから、小説界社に移っても彼らは全く孤立していた。というよりも、前からいるほかの二つの雑誌の編集者たちから、ある種の軽蔑《けいべつ》と反撥《はんぱつ》とで見られていた。いわば余計者の感じだった。

編集部長の前川一徳の宣言は、社長の意志をうけていることは間違いない。

こんな空気の中で、二十人の編集者が社長の竹倉庄造のご馳走《ちそう》に預った。社長は一応「顔つなぎ」の名目を立てたのだ。

だが、あとになって、これが社長の特別な目算からだと分った。つまり、会食の間に、竹倉は自分の気に合う人物とそうでない人物との目じるしを付けたのである。

つづいて編集部長の前川一徳が、やはり「顔つなぎ」という名目でみなを招待した。もっとも、この場合は不思議な方法だった。男子編集者と女子編集者とを分けて、別々の日にしたのだった。女子は酒を呑まないからというのである。

女子編集者といっても三人しかいなかった。恵子のほかに先輩格の土田智子、山崎秋子という「週刊婦人界」には旧《ふる》くからいる編集者だ。

招待は赤坂《あかさか》の中華料理屋で行われた。

前川一徳は、女の子には料理を与えて、自分だけは酒を呑んでいた。

この中で、土田がおかしいほど前川の機嫌を取った。蔭《かげ》では小説界社の悪口を言うくせに、前川一徳にはお追従たらたらだった。

前川は彼女のお世辞を少々うるさそうに聞いていた。恵子は黙って料理だけを食べ、山崎秋子は土田女史のうしろから恐る恐る前川の顔色をよんでいた。

「今度の週刊誌の編集方針は、わたくし正しいと思いますわ」

土田女史は二重になった顎《あご》を動かしてしゃあしゃあと言った。

「やっぱり、雑誌を出すからには売れなくてはいけませんわね。ほんとを言うと、今までの山根さんの編集方針には、わたくしども疑問に思っていたんです。総合雑誌じゃあるまいし、もう少し柔らかいほうが週刊誌の本質に合うと思ってたんですの。でも、山根さんはどうしてもその意見を採用しないで、自分の思う通りやってましたわ」

前川一徳はそれに、ふん、ふんと言って聞いていた。特別うれしそうな顔もせず、また、べつに山根の方針を質問するでもなかった。要するに、あまり反応がないのだ。

前川一徳は、男子編集者をご馳走したから、仕方なしに女子だけ三人を呼んだというふうにみえた。

前川一徳は、三人の女子編集者が食事を済ませるのを見て言った。

「やあ、ご苦労さん。これでどうぞ自由に引取っていいですよ」

「あら、編集部長さんはまだここにお残りになるんですか？」

土田智子が媚《こび》を含んだ眼で訊いた。

「ああ、少し用事があるんでね」

前川は眼を恵子に移して顔をつき出した。

「井沢君は、お宅はどこでしたか？」

「西荻窪《にしおぎくぼ》のほうです」

「中央線だな。じゃ、遅くなっても電車の心配はないわけですね」

「ええ」

前川は盃《さかずき》を口に当てて、

「少し、井沢君に話したいことがある。君たちは先に帰って下さい」

と彼はほかの二人に宣言した。

土田も山崎も露骨に不満な表情を見せたが、不平を鳴らしてすむ対手《あいて》ではない。二人は恵子のほうへ複雑な視線を送ると、そうそうに帰り仕度をはじめた。

「では、お先に」

「ご苦労さん」

前川一徳は肥えた顎を二人にうなずかせた。

恵子は、なぜ自分だけが残されるのだろうかと思った。

しかし、その疑問には全く解答の見当がつかないでもない。すでに新連載小説に梶村久子の名前が出てから、その背後に大村の存在が予想されている。すると、大村の線から恵子のことが「小説界社」の幹部に話されたことは容易に想像がつく。

いま前川一徳が、特に話したいことがあるといって残したのは、その辺の線からではなかろうかと思った。

「どうですか。新しい社に移ってから少々調子が違うでしょう?」

前川一徳はこれまでの傲岸《ごうがん》さを急に引込めて、顔まで急ににこにこさせた。

「わたしなどにはよく分りませんわ。前の会社も二、三日しかいなかったんですもの」

「そうだそうですね」

前川一徳は言った。

「それでは、まるっきり白紙とおんなじですな」

「前の社に入ったばかりのところに、こういういきさつになりましたので」

「いや、実をいうと、そういう人がぼくの会社に望ましいんですよ」

「………」

「いま、土田さんと山崎さんとに先に帰ってもらったが、あの二人は前の社に相当古くからいる。編集にベテランかも分らんが、前の社で古いということは、わが社にはあまり有難くないんでしてね」

「………」

恵子は返事のしようがなかった。

「まあ、今度、週刊誌と一緒に付いてわが社に移られた人たちは、社の方針が違うので相当面喰《めんくら》っているでしょうし、不満もあると思います。そういう気配を感じませんか？」

前川一徳は何を言いたいのだろうか。恵子は、前川が自分をスパイにしようとしているのではないかと疑った。

「いや、実は、あなたが無色だと思うから話すがね」

前川は恵子のほうに少し椅子を近づけ、低い声で言い出した。

「うちの社というのは、前の社にいた人たちのカラーでは困るんですよ。向うのほうでは、こちらに合せたい気持があるかも知れませんが、やはり、長い間、その世界に住みついていると、自分では気のつかない垢《あか》がつくものでしてね」

「はあ……」

恵子は言ったが、話の焦点がどこにあるのか見当もつかない。

「そこで内々、無色のあんただけにちょっと聞かせてあげますよ」

「お言葉ですけれど」

恵子は遮った。

「そんなことをわたしなどが伺ってもいいんでしょうか。わたしは、あの編集部に正式に入った社員ではありませんわ。臨時雇いとして、無理にお願いして入ったのです。編集のことはさっぱりわからないし、それだけの実力もありませんし、わたしがいまお話のような大事なことを伺う資格はないように思います」

「いや、そりゃ、少し違うな」

前川は言った。

「なんといっても、あんたはあの社の垢が付いていない。その点が、いま何度も言ったように、わが社としてはありがたいんですよ。それに、まだ、あんたの書いたものは見ていないが、なかなか有能だと聞いている」

「あら、誰にお聞きになったんですか？」

「まあ、そういう人はいくらでもおりますからね」

前川一徳はぼかしたが、恵子はそれは山根であろうと思った。大村が恵子のことをいいように話すわけはないからだ。

「いいえ、それは買被《かいかぶ》りですわ。本当に素人ですから」

「そこがいいんだ」

前川は粘った。

「素人のほうがいいですよ。変な経験を鼻にかけられては困る」

前川一徳の言い方は、明らかにいま帰った土田と山崎を指している。

「それで、あんただけは社に残ってもらうことにしますからね。そのつもりでいて下さい」

「わたしだけですって？」

恵子はびっくりした。

「それじゃ、ほかの方はどうなんですか？」

「そろそろ、あんたも気がついているんでしょうが、あの人たちに週刊誌を任せてはおられないんです。これはぼくの考えも社長の考えも一致している。まあ、一遍に首を切るということも気の毒だから、さし当り半分だけは辞めてもらう。残りの半分も漸次、わが社の方針に合う人と入替えたいと思うんです」

「…………」

「そういう際も、あんただけは残ってもらう」

「それは、前川さんのお考えですか？」

恵子は訊《き》き返した。

「いや、ぼくもだが……上層部からの意見もそういうことになっていますよ」

恵子は意外だった。自分だけを残すというのはどういうのだろう。ただ「無色」という理由だけで納得していいものか。

恵子は今度の新週刊誌の裏に大村の影が動いたと感じたとき、一ばんに自分が追放されると思っていた。

なぜなら、大村は梶村久子と結んでいるから、久子の機嫌をとるためにも、編集部に恵子がいては困るのだ。

だが、この予想は見事に覆えされた。全然、逆の形が出たのである。

しかし、山根はどうだろうか。前川一徳は山根のことは一言もふれない。整理問題では、彼の地位が最も重要なのではあるまいか。

「わたしなどは役に立ちませんから、どちらでもいいんですけれど」

恵子はきいた。

「山根さんはどうなんでしょうか？」

前川一徳はとたんに背中を椅子に反らせ、複雑な表情になった。

「そうですな」

しばらくその返辞を考えているようだったが、

「山根君もいい男ですからな」

と一言吐いた。

これは、どう解釈していいか。いい男だから、そのまま編集長に抱えて置くというのか。それとも、いい男だが、社を辞めてもらうほかはないという含みなのだろうか。

恵子としては、山根の好意で入れたようなものだから、もし山根が辞めるのなら、自分も一緒に止《よ》したいと思っている。新米の自分だけが新しい社に残る理由はないのだ。

その表情が前川一徳にも分ったのか、

「いや、山根君の地位は当分大丈夫ですよ」

と言葉を添えた。しかし、当分、と前川は言った。それは、山根の現在の不安定な地位を思わず正直に吐いたといえる。いますぐには辞めさせないが、ホトボリがさめてから決行するというのだろうか。

「しかし」

前川は言った。

「あなたに残ってもらうことは、山根君とは関係ないんですよ。あなたは山根君が辞めれば、それについて辞めなければならない義理でもあるんですか？」

その言い方が、どこか妙な意味をからませているようにも聞える。どうして、男はそんなふうな解釈ばかりしなければならないのか。

「義理はありません。わたしを入れて下すったのが山根さんなのです」

「しかし、それは公私を一緒にした考えじゃないかな。気持は分るけれどね」

前川はひとりでうなずいて、

「とにかく、あなたには残ってもらうことにします。さっきも言ったように、これは、ぼくの意見だけでなく、幹部の考えもありますよ」

「幹部というと、どなたですの？」

恵子は不思議だった。なぜ自分だけがそんなにマークされるのか。まさか、大村が陰で策動したのでもあるまい。

「はっきり言うとね」

前川は答えた。

「あんたの才能を社長が認めたんですよ」

「なぜ、社長さんがわたしだけを認めていらっしゃるんですか？」

恵子は前川に訊いた。これは確かめねばならないことだった。

「それはね、社長にある人からの推薦があったんですよ」

前川一徳は盃《さかずき》を置いて答えた。

「ある人というと、どういう方ですか？」

大村だと想像しているが、それは口に出さなかった。

あの男は梶村久子の機嫌もとっているが、恵子にも野心をもっている。いつも両方に足をかけているような二重人格性が大村の処世術だと思う。

だから、梶村久子の新連載小説を強力に社長に押す一方、恵子を社長にすすめている。大村の性格としては、これは少しも矛盾しない。

「あなたは、前に高野秀子さんの秘書をしていたことがありましたね？」

前川は訊く。

「はい」

それは秘書というほどではなかった。ただ高野秀子のところに出入しているうちに、何かと雑用を頼まれ、それ以来、秀子が便利がって恵子を走り使いにしたというだけだ。だが、そんなことを前川に話しても仕方がないので、恵子は黙っていた。

「推薦者はその高野秀子さんと親しかったある高名な小説家です」

「え？」

意外だった。

誰だとはすぐに訊けない。前川一徳も、その名前を伏せておきたいふうだ。

高野秀子にはいろいろと男性作家の取り巻きがあった。ちょっと美人で、ちょっとエキセントリックな媚《び》態《たい》の秀子は当然異性との愛欲交渉が有名だった。作家のいく人かは、いまでもそれを噂されている。

恵子はそういう秀子の面にはわざと遠ざかっていた。だから、秀子と親しかった高名な作家が自分の推薦者だと聞かされても、ピンとこない。彼女はそういう作家の前からできるだけ避けていたのだった。

「わたしにはそんな先生方に心当りがありませんわ」

恵子は言った。

「いや、あんたに心当りはなくとも、向うではちゃんとあるんでしょうな」

前川はそういって笑った。

「まあ、ぼくの想像だが、あんたが高野さんの秘書をしていたころ、その作家にちゃんと注目されていたんじゃないかな。それで、今度あんたがウチにきたことを知って、社長に進言したんじゃないかな」

その言葉は満更嘘でもなさそうだった。すると、大村ではないのだ。

恵子は高野秀子と交渉のあった「高名な作家」を二人ほど頭に浮べた。

もし、前川一徳の言葉通りだとすれば、それは風俗小説家の竹井順平が一ばん考えられそうである。

4

恵子はアパートに戻っても、前川一徳の話がまだ耳についていた。

中華料理屋を出てから前川とはすぐに別れたが、そのときも彼は恵子に、

「わが社としてはあんたに嘱目してるんだから、しっかり頼みますよ」

と肩を叩《たた》かんばかりに言った。

少し気味が悪いくらいだった。恵子は、自分の推薦者が竹井順平氏だと思い、思い切ってそれを確かめると、

「さあね……」

と前川一徳はうすく笑っていた。

恵子は、高野秀子のところでたびたび遇《あ》った作家の竹井順平の顔を思う。竹井はいわゆる好男子の部類に入るのだろう。背が高くて、物腰も慇懃《いんぎん》だった。色が白く、のっぺりした顔をしている。しかし、相手によってはひどく彼は威張るということだった。そういう点ではスタイリストだ。

洋服は、きっちりと身体に合う洒落《しや》れた着こなしで、ネクタイも一晩ずつ違うという伝説があった。

着流しのときは江戸《えど》っ子を気取って、わざと自堕落な洒落れ好みの恰好《かつこう》をする。そういう点も最後の「文士」の面影があった。

声は低くて、ものやさしい。一時期、高野秀子が竹井に夢中になって追回したことがある。恵子もその恋の使いを何度かさせられたものだ。それで竹井に対してはいい感じが持てなかった。過去の記憶で未《いま》だに竹井がべたべたした男にしか映らない。

竹井はいわゆる「純」文学作家だった。評論も書くし、大衆小説も適当にこなす。文学者の団体には必ず顔を出し、その名前を連ねている。評論を書けばひどく居丈高になる。

だが、恵子には高野秀子を通じての竹井しか映らない。雑誌などで竹井の評論を読むと、もう一人の竹井がそこにいるような気がして仕方がない。

大村といい、竹井順平といい、どうしてこうも自分の心に染まない人物ばかりがいるのであろうか。

彼女は山根のことを考える。病床の奥さんにいい牛肉を買うため、わざわざ途中下車をするような人だった。今度の騒ぎでも、会社側と仲間との間に立って気骨を折っている。

山根の性格がようやく彼女にも分った。気の弱い性格で、迫力はない。しかし根は正直な人なのだ。その点、前川一徳が言った「山根君では、どうも編集長として性格が弱くてね」という言葉も一応は当るのだ。

だが、人間的に見て、やはり山根のほうが好ましい。その山根の地位がいま宙ぶらりんの恰好なのは、気の毒で仕方がなかった。

編集長という履歴のために山根はよその社からも迎えられないだろう。恵子は、病気の奥さんを抱えている山根が気の毒になった。

このとき、廊下に足音が聞えて、恵子のドアの前に立ち停った。

恵子は、自分の部屋の前に立ち停った足音を聞いて、暗い中で息をこらした。電灯は消してある。

大村だと思った。今度は金輪際返事はしないつもりだ。中は暗いし、留守と思わせればいい。大村のことだから、留守で居ないと知っても執拗《しつよう》に戸を叩くかもしれない。返事はしない決心でいた。

ノックが聞えた。

案外、遠慮した叩き方だった。恵子は黙っていた。まだ訪問者の正体が知れない。しばらく間《ま》があった。去って行く足音が聞えないから、まだ居るのだ。

再びノックが聞えた。前よりはいくらか強い。しかし、酔っている大村の叩き方ではなかった。

「ごめん下さい」

女の声だった。

恵子は聞き耳を立てた。

「ごめん下さい。井沢さん、いらっしゃいますか?」

あっと思った。声は土田智子だった。

思いがけない訪問者だった。来る時間も予想外だったが、どうしてこのアパートを土田智子が知っていたか、不思議だった。

だが、すぐぴんと来るものがある。恵子だけが前川一徳に残されたので、土田智子が様子を訊《き》きに来たのだと察した。あのとき、彼女は何か未練気な様子で先に帰ったが、やはり気にかかってここに来たとみえる。このアパートは今度の会社に出した書類でも見て知ったのだろう。

居留守もしていられないので返事をした。

「あら、いらっしゃるの？」

土田智子は親しそうな声を出した。

「ごめんなさい、こんな時間に伺って」

「ちょっとお待ちになって」

恵子は電灯をつけ、床を急いで片づけた。さっと座敷の上を掃き大急ぎでその辺を整《せい》頓《とん》して、ドアの錠を抜いた。

「今晩は」

土田智子は初めからにこにこし、肥えた身体で入って来た。部屋の真ン中に棒のように立つと、あたりをぐるりと見回した。

「なかなかいい部屋じゃないの」

彼女は立ったまま賞《ほ》めた。

「小ぢんまりとして落着きがあるわ」

恵子は黙って台所のガスコンロに火をつけた。

「ちょっと、井沢さん。あまり構わないで。すぐにお暇《いとま》するから」

土田智子は大きな声で止めた。日ごろに似合わない遠慮ぶりだった。

茶を沸かしながら、恵子が彼女の前に戻って坐《すわ》ると、

「ほんとにごめんなさいね。こんなに遅い時間に伺うなんて少し非常識だけど、あなた

に少々話したいことがあって来たの。わたしね、思い立つと矢も楯《たて》もたまらなくなる性質なの。その点は、ときどき常識からはずれたことをするのよ」

恵子は黙って微笑し、相手の用事が切り出されるのを待った。

「ねえ、井沢さん。あなた、今夜、前川さんとだけ居残ってお話があったようね」

土田智子は皮肉な顔で言っているのではなかった。土田智子は恵子が前川一徳に残されたことが気にやはり、訪問の用件はそれだった。土田智子は恵子が前川一徳に残されたことが気にかかって仕方がないのだ。

彼女はその様子を探りに来たのだ。

この場合、土田智子の胸には一つの想定があるに違いなかった。一つは、ベテランの自分だけは残り、恵子が前川から馘首《くび》を申し渡されたことだ。なんといっても恵子は一ばんの未経験者だ。

しかし、それだったら、こんな夜更けに土田智子が急に恵子を襲ってくるわけはない。智子の想定は第二の場合であろう。つまり、自身が新会社をクビになり、恵子だけが残されるという想像である。前川一徳が恵子をあとに残したのは、その意を含めさせたと考えて落ちつかなくなったのだろう。

その探りが土田智子の表情に露骨に出ている。

「前川さんは、あなたにどんなお話をしたの？」

さすがに智子は単刀直入だった。持って回ったことはいわない。

「あなただけが前川さんに残されたでしょう。それが、とても心配だったの。もしかすると、わたしたち女子社員を〝小説界社〟がそのまま引受けないような気もしてきたのよ、あなたそんなことを前川さんに何か言われたんじゃない？」

土田智子は顔いっぱいに笑顔を湛《たた》えているが、眼は真剣に光っていた。

この前、恵子を連れて回ったときの智子の態度とはまるで違う。

「ええ」

恵子は、まさか前川一徳の言葉をそのまま言うわけにはいかなかった。

「わたしのことを前川さんはいろいろとお訊きになったんですの」

それが、一ばん当り障りがない。

「へええ、どんなこと？」

土田智子は煙草をハンドバッグから取出しながら耳を澄ませている。

「わたしは、前に高野秀子さんのお仕事をお手伝いしたことがあります。前川さんは、高野先生のことを知ってらして、先生のことで雑談しただけですわ」

「そう」

幅広い顔に小さな眼をぱちぱちまばたかせながら、土田智子は考えている。ちょうど盲目の按摩《あんま》がスジを探り当てるため、小首をかしげているような恰好だった。

「ただ、それだけだったの？」

「ええ」

「それだったら、前川さんは、どうしてわたしたちを先に帰らせたんでしょうね？」

不思議だと言いたげな顔つきだった。

恵子が嘘をついていると感じているのだ。台所で湯のこぼれる音がした。

恵子は急いで立ち、火を消してやかんを下したが、土田智子がこれほど新会社とのつなぎに熱心だったことは知らなかった。

彼女は不安になっているのだ。急に面子《メンツ》を捨てて恵子のアパートに駆けつけてきたのも、土田智子らしい性急さだった。

恵子は急須《きゅうす》で茶を淹《い》れながら、彼女にどう言って早く引取ってもらおうかと思案した。

土田智子は、自分が新社に残れるのか、整理されるのか訊かなかった。それを探ってみたいのだろうが、さすがに面子を考えている。

その代り、恵子だけがなぜ前川一徳に残されたのか、それを執拗に探ろうとしていた。

前川がふるい自分をさしおいて新米の恵子を残したのが一ばん不満のようだった。

「あなた、前川さんとは高野さんの話だけしたの？」

疑い深い眼だった。

「ええ、ただそれだけですわ」

「前川さんも変ってるわね」

彼女は急に嫌悪の表情をした。

「それだけの話だったら、わたしたちの前でしてもいいのに」

ちらりと恵子にも視線を投げた。が、恵子は黙っていた。

ちょっと白けた沈黙が流れた。

土田智子もこれ以上恵子から何も聞けないと悟ったらしい。彼女はもう一度部屋をぐるぐる見回した。

「ねえ、井沢さん。あなた、ずっとここに一人でいるの？」

「ええ、そりゃ自分のうちですもの」

どういう意味か分らなかった。

「寂しくない？」

「ここに移ったのは最近ですけれど、そういうことでまだ馴《な》れない点もあります。でも、すぐに何んでもなくなると思うわ」

「そうかしら」

このそうかしらといった言葉は、特別に土田智子の思惑がありそうだった。

「あなたは、毎日お勤めから帰ると、ここからちっとも出ないの？」

「ええ。外へ出るといい加減疲れるから、帰ってから出直すということはほとんどありませんわ」

「誰も遊びにこないの？」

誰もというのが異性を指していることはすぐ分った。

「ええ。わたし、あんまり人づき合いが好きでないものですから、誰にも転居先を通知していませんわ」

「でも、大村さんには、教えたでしょう?」

恵子は不愉快になった。

大村がここに来たことを土田智子は知っているような口ぶりだった。すると、大村が土田にこの前の晩のことを話したのかもしれない。大村のことだから、それをどんなふうな言い方で土田に吹込んだか分らなかった。

道理で先ほどから土田智子の眼が部屋のものに走ると思った。多分、そのへんに男の持物でもあるかと眼で探していたのであろう。

「大村さんなんかに教えませんわ」

恵子はきっぱり言った。事実、その通りだから臆《おく》するわけはなかった。土田智子が大村の不意の訪問を言い出せば、こちらも真相を明すだけである。

「そう」

土田智子は不服そうに低い鼻をふくらませた。

「だったら、前川さんには教えたでしょう」

斬り込むような口調だった。

「べつに」

恵子は言った。

「何も言いませんけれど、あなたを含めて全社員が現住所を書かされたわね。それで知ってらっしゃるかも分りませんわ。あなただって、それを見てこのアパートに訪ねてこられたんでしょ？」

5

小説界社が遂に「週刊婦人界」に付いてきた編集者の半分を馘首《かくしゅ》した。二十名の中で十名に退職を言い渡した。その中には、デスクの河本もいたし、婦人編集者の土田智子も山崎秋子も入っている。編集長の山根と恵子だけは居残り組に入っていた。女では恵子ひとりだった。

予想されたような混乱は起らなかった。

多少、整理組に反対闘争に持ってゆきそうな相談も持たれたようだが、それは発展せずに終った。また、不当馘首として友好労組に訴えようとする動きもあったが結束ができないままに終った。致命的なのは全員がいっしょに整理されなかったことだ。人数の点でも、十人ではどうしようもなく、また彼らの組合自体が前から弱体であった。日ごろ、他の友好団体との連絡もあまりなかった。むしろ、そういうことには冷淡だったほうである。

それと、この整理は前から予想されないではなかった。だから、中には早くも次の就職口を決めている者もいたり、ほかの職業に転換する準備中の者もいた。そんなことが整理された連中の結束を力のないものにした。

ただ、感情だけは残った。

残留組と整理組とは、当然二つに分れた。整理されたほうは、残留組を腰ぬけだとののしっている。長年の仲間を見捨てた人情のない奴だと悪口をいった。

「なに、あいつらも居残ったつもりでのうのうとしているが、いまにおれたちの二の舞さ。それが分らないで優越感を持っているのだ」

デスクの河本は、仲間にそんなふうに言っていた。

しかし、どうしようもないのだ。残っているほうも憂鬱《ゆううつ》だった。この整理は二回、三回となし崩しに行なわれるであろう。そのうち、いつの間にか全員が入替えになって社長の思う壺《つぼ》の編集部に構成されるに違いない。残っているほうも浮き足立っていた。

送別会が行なわれた。新宿の裏の小さな料理屋だったが、その二階で残留組と整理組とが別れの盃《さかずき》を汲《く》んだ。

だが、座は初めからしらけていた。馘首された組は、どこか自暴自棄で虚無的だった。残留組は彼らに気兼ねしていた。

恵子も仕方なしにその席に坐《すわ》らされていた。彼女の横には、去り行く土田智子と山崎秋子とが並んでいた。

恵子は土田智子からさんざん皮肉を浴びせられた。それは止むを得ないことだと眼をつぶっていた。土田智子は大村のことまで持出して、編集部長の前川一徳に残らされたことも彼女の色仕掛のようにほのめかしていた。

恵子は黙ってその言葉をうけていた。去り行く人間の気持が分らなくはない。その人たちの怒りは、新しい経営者よりも、残された友人たちに向っていた。その辺も竹倉社長の巧妙な策戦ともいえた。

恵子は、この酒が進むにつれ、馘首組と残留組との間に起る喧嘩《けんか》を心配した。山根は気の毒なくらいしょげている。

「もうひき上げようか」

河本がヤケ糞《くそ》な声で言った。

送別会は終った。

この場合、去って行く組が意気軒昂《いきけんこう》としていた。残されるほうが元気がないのである。帰るときも自然と二組に分れた。

残留組がこの部屋でもあとになった。その辺には、銚子《ちょうし》や小皿が散乱している。酒が畳にこぼれ、盃が思いがけないところまで飛んでいた。しらじらとした宴《うたげ》のあとだった。

「もう一度、呑《の》み直そうか」

と提案する者もいたが、賛成するものは少なかった。

いつの間にか、自然散会となった。残留しても、先に希望があるではなかった。ただ一時しのぎだけなのだ。事実、その中でも二人ほどよそから口がかかったといって、自発的にやめる者もいた。

山根は解雇組が去ったことで急に気がゆるんだのか、酔いはじめた。酒のあまり呑めない彼は苦しそうだった。今夜は努めて酒を呑んでいたのである。

狭い階段を下りるのも、山根の脚は危なかしそうだった。誰も彼に介添えする者がいない。既に山根の感覚は失くなっていた。新しい編集部長がきて、仕事の実権も前川一徳に移ったことだし、今度の問題でも、山根が先頭に立って抵抗しなかったことに残っている組も批判的だった。

恵子は、ひとりになった山根が心配になり、とにかく新宿駅まで付き添うことにした。

この辺は、小さい路地がいくつもあり、役所のような建物が暗い場所をつくっていたりした。

「大丈夫だから、あんたは早く帰んなさい」

山根は付き添っている恵子に断わったが、放ってもおけなかった。

五十メートルくらい歩いたときだった。片側は賑《にぎ》やかな家並になっているが、その前は暗いビルだった。通りには多勢の人が歩いているし、ギターやアコーデオンを肩に掛けた流しなども通っている。

突然、その路地から河本の顔が出た。

「山根さん」

恵子がぎょっとしたのは、河本の後ろに四、五人の男が立っていることだった。いずれも辞めた部員ばかりだ。

「あんたに話がある。ちょっと、こっちに来てくれないか」

山根が棒立ちになった。

恵子は何が起るかを察した。彼女は河本の前に進んだ。

「河本さん、やめて」

彼女は言った。

「山根さんは酔っているわ。お話なら、またにして」

河本は恵子の顔を睨《にら》んだ。これまで一度も彼女にみせたことのない形相だった。

突然、恵子はコートを後から引っ張られた。土田智子だった。

恵子は土田智子に後ろから力一ぱい抱き止められていた。土田だけではなく、ほかの男も、

「危ないから出ちゃ駄目だ」

と土田智子に手伝って、恵子の身体を故意に動かさない。

山根は河本に腕を取られて、暗いところに曳《ひ》きずり込まれている。五、六人の男が取り囲んでいっしょに歩いていた。通行人に気付かれないように壁になっているのだ。区役所の建物があって、その影で路地の奥が暗い。も早、何が起るか恵子にもはっきり分った。

「乱暴は止《よ》して」

恵子は言った。

「乱暴なんかしないわよ」

土田智子がせせら笑った。

「そんなに山根さんが気にかかるの？」

あざわらっているのだ。

「井沢君、心配しないでもいいよ。落着け、落着け」

恵子の前を囲った男たちが彼女の肩を叩《たた》いていた。それは恵子の視線をさえぎるためだった。

通行人があったが、別に不思議な場面とも映っていないらしく、横を素通りして流れて行く。

恵子は胸の動悸《どうき》が迫ってきた。

河本は山根を暗いところに連れ込んでいた。前からしめし合せたように、その辺に二人ほど仲間が立っていた。通行人の眼に気づかれるのを気にしているのだ。

「山根君」

河本が足を停めたのは、建物が少し入りこんでいる場所で、道路からはそれだけ離れている。四、五人が前に壁を作った。

「君の今度の態度はなんだ？」

河本が酒臭い息を吐いた。

山根は河本に胸ぐらを摑《つか》まえられていた。別の男が抵抗できないように、山根の片腕を摑まえている。

「たしかに、ぼくが悪かった」

山根はみなの殺気の前に顔を上げていた。

「だが、ぼくではどうにもできなかったんだ。君たちの気持はぼくにもよく分る。殴って気が済むなら殴れ」

「よし、今日限り君とは訣別《けつべつ》だ。ここにいる者は、みんな君を軽蔑《けいべつ》している。君を殴らなければ気持が収まらない者ばかりだ」

「存分に殴れ」

「よし、いい度胸だ……奥歯を嚙《か》みしめろ、おい、誰かこいつの眼鏡をはずしてやれ」

素早く横で山根の眼鏡を顔からもぎ取る者がいた。その瞬間に山根の顔が片方に揺いだ。河本がすぐ続けて手をあげていた。

鈍い音が続けざまに起った。みなは酔っている。その音を聞いたことで狂暴さが煽《あお》られた。

黒い輪の中に山根の身体が沈んで崩れた。

近くからはジャズのレコードが鳴っている。十メートルと離れない道路では人がのんびりと歩いていた。

恵子が身体を解放されたのは、十分ぐらいしてから後だった。その十分間が彼女にはずいぶん長いことのように思われた。土田智子が彼女の左腕をつねりあげた。

連中は、恵子を自由にすると大急ぎでにげた。山根を引張って行った組とは合図が交されたらしい。それぞれの影がばらばらに雑沓《ざっとう》の中に消えた。

恵子は暗い建物に沿って走った。向うから歩いてくる酔った男が、彼女のほうへしなだれかかった。

「よう、姐《ねえ》さん。遊ばないか」

恵子は身をよけて、黒い建物のかげに走り込んだ。思った通り、人が地面にうずくまっている。

「山根さん」

恵子は山根の肩に両手をかけた。彼は頭を抱えてうつ向いている。

恵子は彼を上からさしのぞいた。低い呻《うめ》き声がした。

彼女の心臓が激しくなった。

「大丈夫ですか？」

「怪我はありませんか？」

山根は首を振った。淡い外灯の光ではじめて気がついたのだが、髪の乱れ落ちている耳に血のようなものが滲《にじ》んでいた。

「立てますか？」

彼女はまた訊《き》いた。

誰がどんなことをしたかはきかなかった。訊かないでも分っている。ただ、この異常な情景を通行人に気づかれないようにした。恵子は山根に乱暴した河本たちをそれほど憎めなかった。

山根がひとりで起《た》つように身体を動かしたが、すぐよろけた。恵子は思い切って山根に肩をかした。

「歩けますか？」

山根は顔をしかめて首をたれている。

「心配をかけて悪いな」

彼はうめくように呟《つぶや》いた。

「そんなことなんでもありませんわ。あら、眼鏡は？」

「ここにある」

山根はポケットの上を叩いた。やっと、その暗がりから出た。

「よう、よう」

通っている若い男たちが冷やかした。

何も知らない者が見ていると、酔っ払って動けなくなった男を、女が介抱して歩いているように見える。

「紙をくれ？」

山根が顔をうつ向けたままで言った。それで初めて、彼の鼻から血が出ていることが分った。山根は恵子が急いで渡したハンカチで鼻の上を押えた。

「歩いたら悪いんじゃありません？　その辺で少し、休んだら」

「大丈夫」

山根は遠慮して恵子の肩から自分の手を外したが、鼻血は容易にやまないようだった。

山根の鼻血は止らなかった。恵子の渡したハンカチでは間に合わない。彼女はその辺の店に走って、ハンカチを三枚買い、そのうちの二枚を水道で濡《ぬ》らして帰った。

山根はもとの所にしゃがみこんでいる。

恵子はいま水で濡らしたハンカチで彼の顔を新しく押えた。

「このままじっとしていらっしゃると、癒るかもしれませんわ」

「ありがとう」

山根はよほど強く顔を撲《ぶ》たれたらしい。髪も乱れている。みっともないので、彼女はハンドバッグから小さな櫛《くし》を出してすいてやった。

「痛みませんか？」

「大丈夫です」

右の眼のふちに隈《くま》ができていた。

恵子はわざと加害者の悪口は言わなかった。それに触れないのがこの場合山根へのい

たわりだった。五分もすると、山根が、

「少しはおさまったようです」

と起ち上って、歩き出しそうになった。

「まだ駄目だわ。もう五分くらいじっとなさっては？」

山根は素直に言葉に従った。

恵子はどういう風の吹き回しか、ついこんな立場になってしまった。山根を特に庇《かば》う理由はないのだが、ゆきがかりでこういう状態になったのだ。ここまで彼を看《み》てきた以上、彼をひとりでは帰らされなかった。

「もう大丈夫です」

「そう」

ハンカチをのけてみると、出血はようやく止んだようだった。恵子は乾いたほうのハンカチで彼の濡れた顔を拭《ふ》いてやった。

「駅までいっしょに行きましょうか？」

「しかし、君には迷惑だな。ぼくならもう構わないんですよ」

山根は遠慮していたが、その様子は、明らかに恵子が同行するのをよろこんでいる。

「どうせ帰りの電車は途中まで一緒ですから、お送りしますわ」

「悪いな」

山根も自分に加えられた暴行については一言も言わなかった。両人とも何も言わないでも心に通じ合うものがあった。

恵子は駅まで歩いた。山根のためを考え、ゆっくりとした足取りだった。新宿は今が人の出盛りだった。

これで編集部も一応の安定を取り戻すであろう。今までは何が起るか分らないという先の不安と、経営者の出方に対する不信感とで皆が酷《ひど》く憂鬱《ゆううつ》だった。それが一応の結論がついた。或《ある》いは、一つの段階が終ったといえる。とにかく、これから懸命に仕事をしよう、恵子は山根の傍に付いて電車を待ちながらそう思った。

山根の肩や肘《ひじ》にまだ泥が付いていた。彼女は人目にたたないところで、それを払ってやった。

「ありがとう」

山根は何度も礼を言った。彼の眼鏡の奥の眼がうるんでいた。

六章　娼婦

1

翌日、山根は編集部に現われたが眼の下を切っていた。顔色が悪い。

ここにいる編集部の連中は、むろん残留組ばかりだった。昨夜の暴行は連中が解散してほとんどいなくなったあとで行われたのだ。それで、今朝になって初めてその事実を知った者もいる。

「大丈夫ですか？」

と山根の傍に寄って心配する者もいれば、

「ひどいことをする奴だ。まるで、野蛮人だな。昨日まで机を並べていた人間のすることではないよ」

と憤慨する者もいた。

その山根は恵子の傍に寄ってきて、ほかの者には分らないように低声《こごえ》で、

「昨夜はありがとう」

と一口いい残して去った。

あれから電車で西荻まで山根と一緒だったが、山根は国立まで行くのだが、恵子と西荻で下りたそうな表情だった。

恵子の親切が彼の心にしみたらしい。しかし、恵子はそれには気づかぬふりをして下りた。これ以上彼に同情するのは危険だった。それでなくとも、山根の気持がこちらに傾きかけているのに気づきはじめていた。

善良な人だが、恵子は山根が自分の相手とは思っていない。

編集部長の前川一徳が入ってきた。誰かが注進したらしく、彼は山根への暴行をすでに知っていた。

「山根君」

彼は大声を出した。

「昨夜はひどい目に逢《あ》ったそうじゃないか？」

言葉つきも部下にいうそれに変っている。尤《もっと》も、傲慢《ごうまん》な彼だからかえってそれがおかしくなかった。

前川一徳は、げらげらと笑った。

「まあ、それくらいで済んでよかったよ。連中は手負いの猪みたいになっているからな。何かしなければ気がすまなかったんだ」

さすがに山根は下を向いて、唇を噛《か》んでいた。

責任は山根ではなく、小説界社だった。馘首《かくしゅ》された連中は、その忿懣《ふんまん》をたまたま山根という対象に爆発させたに過ぎない。彼らの憤激の原因は新しい経営者のやり方にあった。

その辺のところは、前川は全く気にもかけていない。むしろ、山根が他愛なく乱暴を甘受したのを腑甲斐《ふがい》ない男だと言いたそうな顔だった。

「山根君。君は柔道を知らなかったのか？」

彼は笑いを消さずにいった。

「ぼくだったら、三、四人来たって、その場に叩《たた》きつけてやるがな」

彼はそこにいる部員たちの耳にわざと聞かせるように大声を出した。

それはあきらかに、山根に事をよせての彼の示威だった。お前たちはおれに向っても敵《かな》いっこないぞという威《おど》かしである。

「ところで、山根君」

彼はその眼を恵子のいる方へ回した。

「井沢君をこれから取材に出したいんだがな」

恵子自身が前川一徳の言葉を聞いてびっくりしたくらいだった。いきなり自分を取材に出すとは思われなかった。しかも、まだはっきりとした編集方針を決める具体的な会議も開かれないでいる。

「取材ですか、どちらへ？」

山根も意外に思ったらしい。

「熱海《あたみ》だよ」

「熱海？」

恵子は自分の席から息を詰めて前川一徳と山根との問答を聞いていた。

「熱海に何を取りに行くんですか？」

山根は訊《き》いた。

「今度の新方針では、誌面にエロチックな色を大いに出そうというのが狙いだからね。社長みずからが打出したアイデアだ。そこで、編集部のピンク・ルポを女性の手でやってみたらどうかというんだ……こういう取材は今まで大てい男がやっている。社長の意見では、それはありふれているから、婦人記者が思いきってその世界にもぐり込み、男性ではできないような取材をさせようというんだよ」

「ははあ、するとなんですか、井沢君を一種の囮《おとり》みたいな役にさせて探訪するというわけですか？」

「そうなんだ。ね、君、ちょっと面白いだろう？」

前川一徳は笑った。

「熱海にはそういう種類の女がずい分といる。いままでは、それを客の側から書いていたが、今度の企画は、彼女たちの立場からルポするんだ。これは、君、受けるぜ」

「そうですね……」

山根は浮かない顔でいた。

「それで、具体的にはどういう方法で、井沢君を使うことになるんですか？」

「それを今から相談したいんだが、ぼくの腹案では、向うの適当な女たちの間にもぐり込むんだよ」

「………」

「だが、社長の意見では、それよりも、女ひとりが旅館に泊った場合が面白いんじゃないかというんだよ。それも、ただのお客さんではなく、男たちの眼を魅《ひ》くような演出をするんだね……熱海はアベックで行く客も多いが、下心を持ってひとりで遊びに行く男も多い。つまり、ひとりの女性があういう旅館に泊った場合、男客からどういう誘惑のされ方をするか、それを体験的にルポするんだ……こりゃ、ぼくもいいと思うね。社長はぼくにこの案で研究してみろといったが、一応、みんなで相談しますと言っておいた」

「………」

「山根君、その方法で何かいい名案があるかい？」

山根は机の抽出《ひきだし》を開けて煙草の箱を取出し、口にゆっくりとくわえて火を点《つ》けた。渋い顔だった。

「前川さん、そんな場合、女性記者の護衛はどうするんです？」

「そりゃ、君」

前川一徳は山根の心配に答えた。

「女ひとりでそんな危ないところに入らせるんだからな。当然、ボディガードは付けるよ」

「それなら安心です」

山根もほっとしたようだった。

「それは誰が行くんですか？」

「そうだな。男ひとりでは誤解を受けるからな。やっぱり二人のほうがいい」

「それはそうです。そりゃ、二人でないと絶対ダメです」

山根は強調した。

「それで、護衛が頼りないでは心もとないからね。少々、腕っぷしの立つ奴がいいだろう。ウチの社員から二人出すよ」

「そうですね」

山根は考えていたが、

「前川さん、ひとりはぼくのほうにいる編集部から出したいんですが」

「ほう、どうして？」

「やっぱり、井沢君といっしょにこっちに移った部員ですから。井沢君だって、全く顔見知りのない部員より、一人でも顔なじみがいたほうが心丈夫だと思うんです」

「うむ」

今度は、前川一徳が考える番だった。彼はむずかしい顔をして煙草を吹かしていたが、

「いいだろう」

とあっさりうなずいた。

「それは君に任せる……ところで、そうと決った以上、本人と打合せをしようか？」

山根は席からたってきた。

「はあ」

「井沢君、ちょっと」

恵子は話の全部を聞いていた。これは前川の大きな声で、いやでも耳に入る。

「いま聞いた通りだ。どうだね、やるかね？」

山根の眼が恵子の顔にそそがれた。それは断わったほうがいいという表情と、この際だから、向うの言うことを聞いてくれないかという表情とがいっしょに交り合ったような複雑なものだった。

恵子は、山根や、あとに残された旧編集部員の立場を考えた。ここで、前川一徳の申し出を拒絶したら、事態はもっと悪くなってゆきそうだった。しかも、この企画は社長のアイデアというのだ。

恵子は決心した。男二人が絶えず自分の身辺を警戒してくれていれば、その安全圏内で何とか行動ができそうだった。

もちろん、気のはずまない仕事だった。普通だったら断わるところだが、現在の微妙な段階では、その自由さがなかった。それだけ自分を殺して、仕事に割り切る覚悟が必要だった。

彼女の眼には、病妻のためにわざわざ途中下車して、牛肉を買う山根の姿が残っている。

いや、これは山根だけではなく、ほかの編集部員全部の姿ではなかろうか。雑誌の編集者という職業は融通が利くようで、案外、同業への門戸が狭いのである。

恵子は翌《あく》る日の午後三時ごろに新幹線で熱海に向った。

東京駅のホームで、編集部の男二人と落ち合った。ひとりは恵子の知っている林という男で、前の社からいっしょに移ってきた部員だった。二十七、八の細い身体だ。こんな男を護衛の人選に入れたのは意外だった。前川一徳の話によると、力の強そうな人間を付けるというのだ。それだったら、林よりも、もっと適当な男がいるのを恵子は知っている。

小説界社から出された男は、四十二、三の背の低い小肥《こぶと》りの人間だった。

「わたしは村山といいます」

彼は皺《しわ》の多い顔をへらへらと笑わせた。意外なことに、彼は編集部員ではなく営業部員だった。

なぜ、このような男ばかりを付けさせるのだろうか。

だが、男が二人付いているから、まず安全といえる。それに見かけは貧弱でも、案外柔道か何かを知っている男かもしれない。まさか、そこまで確かめるわけにはいかないので、恵子は、よろしくお願いします、と挨拶《あいさつ》した。

前川一徳の指示で、できるだけ華美なものを着て行けというので、恵子は近ごろあまり手を通さなくなった赤いワンピースをきた。髪のかたちも自分で派手なものに直した。

「いろいろと小遣いがかかるだろうから、これは仮払いだ。あとで清算してくれたらいい」

前川は昨日、五万円を渡した。宿の支払いはいっしょに付いて行く部員がやってくれるというのだ。この言葉は、恵子を安心させた。

彼女は新幹線の中でひとりだった。気の進まない仕事だが、引受けた以上、中途半端なものにしたくなかった。やっぱり、賞《ほ》められるものを書いてみたい。それは初めて起きた野心のような職業意識だった。

それに、恵子の興味は、前川から言われた取材の対象とは別なところにあった。そういう女たちの生活も知ってみたいのだ。世の中には不幸な職業がいろいろとある。女性であるが故に負わされている生きるための不合理な職業だった。

東京を出て五十分ばかりで熱海に着いた。ここも恵子には久しぶりだった。

多少の想い出がないでもない。別れた夫、米村和夫と一、二度遊びに来たことがあった。しかし、色のさめた記憶だ。感慨も何もなかった。駅前はかなり混雑している。団体客がいっしょの列車で下りたのでざわめいていた。

「井沢さん」

中年の村山が彼女の横に小走りにきて言った。

「こっちですよ」

自動車《くるま》は用意されていた。乗ってみて分ったのだが、これは宿の送迎用のものだった。

三人はいっしょに乗った。車は夕景色の海岸通りへ、坂道を走り下りた。

車は海岸通りを走り、賑《にぎ》やかな商店街を過ぎたころから、石の坂道を上りはじめた。この辺になると、ずっと閑静になってくる。海岸通りのいかめしい建物がない代り、昔ながらの旅館街だ。

車が着いたのは、最近の新築らしい大きな構えの家だった。純日本風だ。門から車ごと入って前栽を回り、豪華な玄関に横づけとなった。

女中が迎えに出てくる。

「小説界社の者ですが」

年配の村山が言うと、

「はい、承っております」

と女中がうなずいた。

三人は女中の案内で、二階への階段を上った。

廊下はまん中に緋絨氈《ひじゆうたん》を敷き、階段の手すりも金具を打っているというきらびやかさだった。廊下で幾組ものどてら姿の男女と出遇《であ》う。

通された部屋は、十畳くらいの間と、四畳半の控えの間が付いた立派な座敷だった。外側のガラス障子には熱海の街越しに青い海が見え、正面に初島《はつしま》、その横に錦ケ浦《にしきがうら》の出島が見える。海の上は蒼茫《そうぼう》として昏《く》れかけている。

恵子には意外なほど立派な部屋だった。それにしても、この二人はどこに部屋を取っているのだろうか。護衛に来ている以上、隣の部屋に二人で泊る手筈《てはず》にしていなければならない。

恵子が思い切ってそれを訊《き》くと、

「こっちの隣ですよ」

と村山が説明した。

「ぼくらの鞄《かばん》だけそこに置いてきましたがね。ここよりもちょっと見劣りがします。だが、男二人だから構いませんよ。それよりも、あんたのほうは今日は大事な取材だから、舞台装置もいいところを選んだんです」

村山はヘラヘラと笑いながら言った。

「一体、どんなことをしたらいいんでしょうか？」

具体的なことは何も相談されていなかった。恵子にもさっぱり見当がつかない。彼女は心細くなって、屋根の上にさまざまなかたちで輝いているネオンを見下ろした。

「ナニ、そうむつかしいことじゃありませんよ。なあ、林君」

「そうです」

三人は女中が運んできた茶を飲みながら卓を囲んでいた。

「これはぼくのアイデアだがね」

村山が口を切った。

「まず、井沢君にはひと通り熱海の街をしゃなりしゃなりと歩いてもらうんだな。なるべく一人だというふうな様子を見せないと、男どもの眼にふれない」

「わたし、熱海の街はよく知りませんわ」

「ナニ、そんなのわけないですよ。どうせ小さな街ですからね。なんなら、ぼくがざっと略図を書いておきます」

村山は帳面を破って、鉛筆で汚ならしい地図を書きはじめた。

「この辺が大体盛り場で、こっちのほうが……」

と「糸川べり」という書込み文字を指した。

「昔の赤線区域です。今でもなかなかのものですよ」

2

恵子は湯に入った。

こういう場所にくるのは久しぶりだった。一年間あの憂鬱《ゆううつ》なアパートの生活に閉じ込められたままだった。夫の米村和夫とその母との争いばかり続けてきた。夫婦というものは、絶えずとげとげしい闘いの持続であるのか。また嫁というものは、絶え間なく姑《しゅうとめ》と心理的な戦争をしていなければならないのか。

恵子の場合は特殊だった。早くから未亡人になった姑は、息子の夫婦生活に異常な興味を持ち、自分でのこのこと夫婦の間に割り込んできた。夜はほとんど睡らないで息子と嫁との動静を窺《うかが》っていた。

息子はそれに対して、なんの抗弁もしない。世の中には、親に反抗して出て行く息子が多いのに、まだこんな古風な男もいる。だが、それは和夫の親への正当な愛情からではなく、彼の劣弱性、生活能力の低さなどからきている。

一年間もよく辛抱したものだとわれながら思う。もっと早くあれから脱《ぬ》けるべきだった。ぐずぐずしていたのは、彼女自身にもやはり世間体という古い考えが後ろ髪を摑《つか》んでいたからだった。考えようでは、一年で決心をつけたのは早いほうかもしれない。

しかし、だらしのない夫と思っていたが、家庭を去ると、たちまち独りの生活の波が押寄せてきた。家庭というものがいかに経済的には女を保護しているかが分る。世の中の大ていの妻が不満な夫から別れないのは、愛情よりも大きな経済的な不安からである。それは齢が重なるにつれ、彼女たちの恐れを深めさせる。

独身女の生活の手段は、必要以上の自己規制を強いる。恵子がこういう役目を引受けざるを得ないのも、生活の手段であった。その命令が気に入らないからといって抵抗は許されない。不満なら次の職場を探すほかはない。その次の職場にもまた同じような不満を抱くだろう。

こうして、永久に自分に気に入るような職場は発見されないで、独身女は荒涼とした職場に老いてゆくほかはないのである。

恵子は眼を閉じる。

まだ自分には人妻業の名義が尾を曳《ひ》いている。早く、この意識を消さなければならない。もっと乾いた気持で仕事にかからねばならない。一切の感情は、女の生活手段に邪魔だった。

恵子は湯から上った。

旅館の女中がいくつもの膳《ぜん》を積重ね汗を流して廊下を運んでゆく。

彼女たちは、新婚夫婦客のためにかしずき、享楽に来た男たちのために奉仕する。感傷を考えたら一日も勤まらない仕事だ。汗を流して他人の食膳を運ぶ女たちがいるかと思えば、厚化粧をして宿のどてら着で安楽椅子にくつろぎ、好きな男と遊んでいる女もいる。

部屋に戻ると、夕食の支度ができていた。二人の男は恵子を待っていた。

二人の男は食事をとりながら恵子を激励した。

「なに、ぼくたちが見ているから安心して演技して下さい」

営業部の村山は片肘《かたひじ》を張って言った。

「やっぱり、トコトンまでやらないと、いいルポはとれませんからね。なァ、林君」

「そうですな」

林は頼りなさそうな返事をした。

村山は口を尖《とが》らしていった。

「化粧は少し厚目にしたほうがいいですよ。そうしないと、どうしても、男心を魅《ひ》きつけませんからな。それに際立った化粧でないと男も素人の女かと思って遠慮します」

――嫌な気持だった。

　しかし、引受けた以上やらなければならないことだし、新しく移ってきた編集部の面目を考えると、恵子が失敗すれば全員の迷惑にもなりそうだった。

　恵子は鏡の前に坐《すわ》って入念に顔をつくった。いつもよりも白粉《おしろい》を濃いめに塗り、眉毛《まゆげ》をきつく描き、アイシャドウをつけた。口紅も濃くした。鼻梁《びりょう》は一段と白く浮かし、両側にシャドウをつけて指でぼかした。まつ毛にはマスカラをぬった。

　耳に少し大き目のイヤリングをつけた。来るときデパートで買ったもので、毒々しいばかりのペンダントだった。鏡の中の自分が違って見えた。今までの疲れた顔が逃げて、生々とした若さが入れ替っていた。

　席に戻ると、二人の男があきれたように恵子の顔を見上げた。

「ほう」

　村山は大仰に眼を剝《む》いている。

「愕《おどろ》いたもんだな。これが井沢さんとは思えない」

「ほんとうだ。女はこんなに違うものかな」

　二人は恵子をまじまじと見ていた。両人とも眼の表情まで変っていた。

「これから、どうすればいいんですか？」

　外はすっかり昏れていた。旅館のネオンがいくつも重なって輝やいている。

「そうだな。まず手はじめに、糸川べりを歩いてもらおうか。そこは街娼《がいしょう》が出没している地帯です。ためしに、そこで反応を見てみましょう」

林は村山に言われて、すぐに宿に自動車を呼ばせた。

車の窓から見える熱海の夜は、昼間とはまるで様相が違っていた。繁華街から裏街に入った。どてらを着ていない普通の若い女が男客に伴《つ》れられて歩いていた。

「あれがみんなそうですよ」

村山が窓から教えた。

その女たちは一目見て、恵子にもそうだと分るのだ。男と伴れだっているだけではなかった。車が進むにつれ川を挟んで、バー、飲み屋、飲食店、喫茶店といった店が並んでいたが、少し暗い路地には赤い服装をした若い女が佇《たたず》んだり、ぶらぶらと歩いたりしていた。

「このへんで降りようか」

村山が言った。

恵子はその辺を歩いた。

恥ずかしくて身が縮むような思いだった。どてらを着た男たちが卑猥《ひわい》な言葉を彼女に投げて通る。なかには恵子の横に来て、

「ねえさん、いくらで遊んでくれるんだね？」

と露骨に話しかける男がいた。年配の者が多い。

恵子は、そこに佇んでいる女の傍に行って、彼女らの生活を訊きたかった。しかし、これは容易なことではなかった。この場所に出ている女たちは、お互いが顔見知りで友

たちはもう恵子のほうへ胡散臭《うさんくさ》げな眼を向ける。なかには露骨に恵子に敵意を見せている女もいた。

「あんた、いつからここに商売に出たの？」

まだ二十歳にもならないような女が恵子に詰め寄った。

「よそから流れ込んできた女らしいね」

彼女らは職業的に団結していた。生活権の保障が、暴力団の手でなされている。うかうかすると、そういう若い男を呼んできそうな気配だった。

「この辺は危ないから、よそに移りましょう」

営業の村山が形勢を見ていった。

「なに、話が聞けなくとも、聞いたように書けばいいですよ。そこのところは、いい加減に想像で文章を作って下さい」

村山はそういった。

恵子はそんなことで誤魔化すのは気持がすまなかった。せっかく、ここまで企画しているのだ。

「もう少し、やってみますわ」

恵子のほうから言い出した。

「このままでは、なんにも書けそうにありませんから」

「構いませんよ」

村山はあっさりしていた。

「適当に書いてくれたらいいんですよ」

待っている車に、恵子をせき立てて乗せた。

「今度は河岸を変えてみるかな」

車の中で、村山と林とが相談している。

「そうですね。糸川べりはプロが多いから、今度は逆のほうがいいでしょうね。な、運転手君。どの辺が一ばん多いかい？」

「そうですな」

運転手は、にやにや笑いながらハンドルを動かしている。

「じゃ、錦ケ浦の熱海城の近くはどうですか？　あそこは、最近、ぐっと増えたそうですから」

村山は時計を見て言った。

「そうだ、そこを一回りしてくるか」

車は、また熱海通りを逆に走った。

恵子は、変だなと思った。いま、村山が不用意に一回りしてくるかといったが、そんなあっさりしたことでいいのだろうか。それとも、村山はこういう取材を手軽に考えすぎているのではあるまいか。

灯に浮き出ている城が見えてきた。

錦ヶ浦で降りたが、ここにはその種の女の影は見当らなかった。付近を歩いているのは、旅館の丹前を着た男女ばかりだった。そうでない普通の服装をした女性もいたが、それはひと目見て良家の子女だと分る。若い女性どうしで四、五人が歩いたり、アベックで来ていたりした。

「噂ほどではないな」

林が言った。

「どこにもプロはいないようですよ」

若い林はきょろきょろと見回しながらぼやいた。

「そうだな」

村山も真似ごとばかりその辺に眼を配ったが、

「他人《ひと》の話は当てにならないもんだな」

と言った。彼は運転手にもいろいろと質問していたが、

「どうもよくわからん」

と呟《つぶや》いた。

「仕方がないから、このまま宿に引揚げようか」

村山はあっさりと言った。

宿を出てから一時間も経っていなかった。そういえば、村山は始終腕時計をのぞいていた。

「このままでは何も書けませんわ」

恵子は抗議した。実際、こんな有様では何一つ取材が出来ていないのだ。

「構わんですよ。あとはわれわれがその辺に行って聞いて来ましょう。あんたはそれをもとにして書いたらいいでしょう」

村山は簡単に言ってのけた。

「でも、それじゃわたしが何のためにここまで来たか分りませんわ」

気の乗らない仕事だったが、いざ、それに取組もうとすれば、やはり徹底的に調べてみたい。また自分の眼で見たり、直接耳で聞いたりしなければ、いい記事は書けないのだ。

「とにかく帰りましょう」

「あら、もう宿に引揚げるんですか？」

「いや、われわれは初めて来たんだから、様子がさっぱり分らない。ただうろうろしても事情の分らない土地ではしようがないでしょう。帰って番頭や女中たちに聞いてから出直しても遅くはありませんよ。まだ時間は早いし、こういうことは遅くなるほどいいわけですからね」

否応《いやおう》はなかった。村山が先に車に乗りこみ、林が恵子をつづいて乗るように急がせた。

車はそのまま錦ケ浦の坂を下りはじめた。また熱海の街に逆戻りである。

こんな不徹底な取材方法があるだろうか。それとも週刊誌のルポというのはこの程度で誤魔化しているのだろうか。

村山は今から宿に帰って番頭や女中たちに事情を聞くというが、そのようなことは前もってすでに調べておかねばならないことだった。また、必要なら土地の顔利きに渡りをつけて便宜を図ってもらうとか、もっと取材がスムーズにゆくような方法を講じていなければならないのだ。

恵子はなんだかはぐらかされたような気になった。

三人は旅館に戻った。

「井沢さん、ぼくらは少し取材してきます」

元の部屋に入ると、早速、村山が言った。部屋にも落ちつかないで林と二人で立っている。

「わたしはどうしたらいいんですか?」

取材となれば、恵子もいっしょに行く義務を感じる。書くのは彼女自身なのだ。

「ナニ、まだ締切の時間はありますからね。今夜はおそらくあなたが書く段にはならないでしょう」

村山は眼尻《めじり》に皺《しわ》を寄せて笑いながら、

「ぼくらで大体の見当をつけてきますよ。これからそういう巣を探って、しかるべく連絡を取っておきます。明日《あした》の晩出直しても、まだ間に合いますからね。あなたは、今晩、ここでゆっくりとお休みなさい」

「でも、それじゃなんだか気が済みませんわ」

何のためにここに来たか分らないことになる。もっとも、初めの段取が悪いためにここでやり直しをするということもある。それは分るのだが、恵子としてはただぼんやりと無駄に過すのは辛《つら》かった。大出版社ではない。経営者の方針からみても取材費は渋かった。最初の計画が狂ったとはいえ、無駄な一日を送ったとなれば、あとで前川一徳あたりが不機嫌になりそうだった。

「ナニ、構いませんよ」

村山は恵子の心配そうな表情を見て言った。

「こんな取材がたった一晩で出来るわけはありませんからね。とにかく、ぼくが責任を負いますから、あなたはここで休んで下さい」

「それがいいですよ」

横から林も言った。

「それに、こういう段取はすぐにつくわけでもないから、今夜の帰りは遅いと思います。だから、ぼくらに構わないで、風呂《ふろ》でも入ってゆっくりと寝て下さい。その代り、明日になれば猛烈に活動してもらいます」

「こういう取材なら、実はぼくらにとっても有難いんですよ」

村山はニヤニヤと笑っている。

恵子は強いてそれ以上言えなかった。村山も、林も、今夜は帰ってこないような気もする。取材にかこつけて彼らだけの別な目的もあるのだろう。二人の男は妙に張切っていた。

「それじゃ、そうさせていただきます」

恵子はやっと承知した。

「そうして下さい」

村山は何度もうなずいて、

「明日の朝、取材の結果は報告しますからね。今から出て行けば、今夜帰ったとしても一時か二時ごろになると思いますよ。その代り、うんと変った方面を探ってきます。そうしないと、こういうルポはほかの週刊誌にもたびたび出ているし、新味がありませんからな。材料はまとめますから、書くほうはひとつよろしく頼みますよ」

「では」

二人は恵子を残して部屋から出て行った。

恵子は時計を見た。九時半になっている。

遠くから宴会の三味線が聞えていた。

3

村山と林の部屋は隣になっている。しかし、部屋の入口には一々内側から錠がかかるようになっているので、その点は安心だった。

恵子はやはり落着かない。スーツケースの中から持ってきた本を取出して読み始めたが、どうも活字についていけなかった。

このまま床の中に入るのも早すぎるし、そんな気持にもなれない。できるなら、村山と林とが帰ってきて、様子を聞いてから寝《やす》んだほうが落ちつける。しかし、彼らはいい加減な口実で実は遊ぶつもりで出かけたのかも分らなかった。今夜はこの宿に戻ってこないのかもしれない。

ひとりでいると全く所在がなかった。本を諦《あきら》めて部屋についているテレビをつけてみたがよく映らない。それに興味のない画面だった。

遠くで列車の車輪の音がする。列車が着いたか、出て行ったかだろう。かすかにホームのざわめきが伝わってくる。

駅から相当な距離だが、やはり静かなのだ。先ほどまで聞えていた三味線もいつの間にか止んでいた。

恵子はなんとなく肩の寒さを覚えた。それに、いつになく厚化粧をしているのが気になった。顔の皮膚が硬《こわ》ばったように感じた。彼女はもう一度風呂に入ることにした。

室内電話で聞き合せると、ちょうど婦人風呂が空いているという。

ひとりで広々とした浴槽《ゆぶね》にいるのはやはり愉《たの》しかった。

湯につかっていると、いろいろなことが考えられる。今度の仕事は妙なふうになったが、それでも温泉に来ているというのは別な気分だった。

人間の生活ほど先の分らないものはない。前の夫の和夫と来たのも、この熱海だった。わずか一年後にこういう環境に変ろうとは予想もしていなかった。あのときの和夫が今から見ると全くの別人のように思われる。

当時の旅館は、ここと違って海岸だった。夜を通して波の音がうるさく聞えていたのを憶《おぼ》えている。

これからも、どんな変化が来るか分らない。勤め先があんな具合だから、先々にさまざまなことが待ち構えているような気がする。

湯からあがると顔も気持も自分を取戻したようになった。

廊下から部屋の前にくると、入口にスリッパが二足揃えられてある。恵子は部屋を間違えたのかと思った。格子戸の横に掲げてある表札は確かに自分の憶えている部屋の名前だった。二組のスリッパは村山と林とが戻って坐《すわ》り込んでいるためかもしれない。

それにしては、案外早く帰ったものだと思い、控えの間に入って洗面道具を置き、髪の形を手早く直した。次の間の襖《ふすま》は閉っている。男の話し声が洩《も》れたが、どうも、村山の声でも、林の声でもないように感じられた。

恵子は足がすくんだ。次の間の声は、前川一徳の特徴ある笑いだった。

なぜ前川が急にここに来たのか。彼の話し相手は多分村山であろう。前川はこの取材の監督にきたのかもしれない。

恵子は次の間を開ける勇気もなく、黙って出ることもできず、一瞬ぼんやりしていると、急にその襖が向うから開いた。

前川一徳の大きな顔がこちらをのぞいた。

「やあ、井沢君」

前川は隅のほうに立っている恵子を見つけて、声をあげた。

「いつ、風呂からあがったんですか？」

「はい……」

返事が出なかった。前川は恵子が浴場に下りている間に、勝手に入り込んだのだ。尤《もつと》も社の仕事できているので、恵子の部屋とはいえ、社が借りた部屋ともいえる。編集部長の前川に無断で入り込まれても抗議はできないのだ。

「早くこちらへいらっしゃい。いま社長もここにいっしょにみえているんですよ」

あっ、と思った。前後の関係から村山とばかり思っていたのに、話し声の相手は竹倉社長だったのだ。恵子はよけいに息を呑《の》む思いで動けなかった。

「さあ、遠慮しないでこちらにいらっしゃい。あんたが上ってくるのを待っていたんですよ」

前川一徳は、わざわざ恵子の横にきて、その肩を押しそうなくらいだった。日ごろの気むずかしい顔ではなく、他愛もなくにこにこと笑っている。

「でも……」

「なにをいっているんだ。うちの社長ですよ。さあ、遠慮しないでお目にかかりなさい」

恵子は動悸《どうき》がした。

社長と前川一徳とはここにくることを前から予定していたのか。そういえば、村山は始終腕時計を見ていた。あれは、この二人の到着時間を知って気にしていたのか。恵子は浴槽で聞いた列車の音を思い出す。あの列車で、社長と前川は到着したのだろう。

それにしても、この予定を村山たちはなぜ恵子に知らせずにいたのだろうか。

「いや、ぼくも、今度の取材は大事だと思ってね。激励かたがた、様子を見にきたんですよ」

前川は恵子の表情から不審を解くように言った。

「ちょうど社長が、熱海で人と会う約束があったもんだから、いい機会だと思って、ぼくもお供してきたんですよ。無断であんたの部屋に上ったが、村山も林も外出だというし、あんたは風呂に入っているというし、取材がどういうふうになっているか、実は社長と話しながらここで待っていたんです」

「はあ、それは……」

「いや、説明は社長に直接して下さい」

前川一徳は、頻《しき》りと次の間に気をつかっていた。

「いや、ご苦労」

社長の竹倉庄造は、肥《ふと》った赧《あか》ら顔を恵子に向けた。

こうしてみると、社長も前川一徳も同じような顔つきをしている。社長は白髪だが、前川は長い髪を伸ばしている。だが、大きな顎《あご》をもった容貌《ようぼう》には変りなく、赧ら顔のところも似ていた。

竹倉も恵子に、

「君の留守に上り込んで悪かったが、誰もいないんでね」

と弁解した。声もやさしい。

「村山も林も、取材に外に出てるんだってね?」

「はい」

恵子は衿《えり》を掻《か》き合せながら答えた。男二人がまだ洋服のままなのに、恵子は宿の着物でいるので身の縮まる思いだった。二人の男の視線が自分の衿元に注がれているような気がする。

それに、村山と林とが取材に出ているのに、自分だけ残っているのが社長に悪いようでもあった。

しかし、別に言訳することもないと思ってそれは黙っていた。いえば弁解じみている。

「どうだね、君もはじめてこういう仕事をして、ちょっと、戸惑っただろう?」

社長は理解のありそうなことをいった。

「はい、ただ一生懸命にやりたいと思っています」

「まあ、わが社も新しい編集方針になって期待をかけているから、よろしく頼みますよ」

前川一徳は横で腕時計を見た。

「社長、食事をそろそろしましょうか？」

「そうだね」

「君はどうなの？」

前川は恵子のほうに言った。

「わたしは、もう済ませましたから」

「そう……では社長、よその部屋に移るのも面倒ですから、ここに食事を運ばせましょうか？」

「そうだな」

竹倉社長は口ではそういっているが、顔色はそれに賛成だった。彼は社長の前でまめまめしく受話器を取上げ、食事をここに持ってくるように帳場に言いつけていた。

前川一徳の身についた日ごろの傲慢《ごうまん》さは全く消えていた。

恵子は困った。自分の部屋で食事が始まれば坐っている場所もない。彼女が外に出るほかなかった。

「君は、そこにいてくれ給え」

前川は恵子の気配を察して言った。

「社長も宿の女中相手ではつまらないからね。やっぱり、内輪は内輪どうしで食べたほうがうまい」

巧妙な言い方だった。内輪というのは、恵子をそこから外さないようにするのっぴきならない温情的表現だった。

「井沢君も、少しは呑《い》けるんだろう？」

「いいえ、ちっとも」

女中が膳《ぜん》を運んできた。

「そいじゃ悪いが、社長、井沢君に酌してもらいましょうか？」

「そうだな」

竹倉社長はただにこにこして、万事を前川一徳に任せた恰好《かっこう》だった。

「わたし、着物を着更《きか》えますわ」

恵子が言ったのは、結局、この場から逃げられないことを観念したからだった。

会社では上役が女事務員によく酒の相手をさせると聞いていた。恵子自身はもう若いとは思っていなかった。小娘のように騒ぐほうがみっともないと思った。

この場はもっと割切って振舞ったほうがいいかもしれない。なにも神経質に考えることはないと思った。そのうち村山と林もここに戻ってくるだろう。あまりに深刻に考えてはかえって妙な空気になると思い返した。

しかし、着物だけは普通のものに着更えて、宿のものだけは脱ぎたかった。

「ナニ、構いませんよ」

前川一徳が横から言った。

「どうせ着更えても、また結局は同じでしょう。面倒だからそのままにしなさい」

「でも、あんまり失礼ですわ」

「なに、ぼくらのことか」

竹倉社長は盃《さかずき》を取上げて笑った。

「社内ならともかく、こういう旅先では半分は無礼講だからな。構わないよ。かえってその姿のほうが女らしい」

「全くですな」

前川も恵子の姿を眺めるようにして言った。

「井沢君も社で見るのと、こういう座敷で着物を着ているのとでは、まるっきり女っぷりが違いますね。ずっと若やいで色っぽく見えますよ」

「まあ、前川君」

社長は制した。

「わが社の女子社員にそんなことを言うもんじゃない。秩序が乱れるからな」

「いや、どうも」

とにやにやした。

前川は大きな図体《ずうたい》に似合わず、頭に手を当てて恐れ入ったような恰好をした。

「井沢君、気にせんでもいい。この男はよく冗談を言うからね」

社長は恵子にちらりと上眼を使って、

「君が酒を呑《の》まないのは残念だな」

と盃を突き出した。

恵子も仕方がなかった。銚子《ちょうし》をその盃に注いだ。

「ありがとう」

社長が礼を言った。

「ついでにぼくも貰《もら》いましょうか」

前川が自分の盃を出した。恵子はそれにも酒を満した。

「や、どうも」

何となく二人で手に持ったままでいたが、

「井沢君もかたちばかり注ぎなさい。乾杯したいが、それでは恰好がつかん」

と竹倉が言った。

「でも、わたくしは……」

社長と編集部長と乾杯する資格はないと思っている。

「まあ、そんなことを言わないで」

前川が早速恵子の前の盃に酒を注いだ。彼女も仕方なしにそれを戴《いただ》くようにした。

「うまい」

と社長はひと息に呑んで、

「前川君、何をそわそわしてるんだ？」

と社長は編集部長をじろりと横眼で見た。

「いえ、村山君の取材のほうが気になりますので」

前川一徳は社長に落着きなさを咎《とが》められて答えた。

「ちょっと連中の様子を見てこようかと思っています」

「まあ、いいさ」

竹倉社長は制《と》めた。

「適当に取材しているだろう」

「しかし、村山君は営業部の男ですから馴《な》れていないんじゃないかと思います。もうひとりの林君は新しく移ってきた人間で、よく性質が分っていないので、二人のコンビでは心配でもあります」

「まあ、もう少し、ここにいろよ」

竹倉社長は盃を重ねながら言った。そのたびに恵子は銚子をとらねばならなかった。

「では、もう少し、ご相伴させて戴きます」

「そうしなさい……君も、心配性だな」

「はあ?」

「取材がああいうものだけに、二人は案外愉《たの》しんでいるかもしれないんだよ」

「社長。社長がそうおっしゃっては困りますね。それでは、仕事か遊びだかけじめがつかなくなります。殊に、今度の特集はこれに力を入れてますから」

と恵子のほうを見て、

「殊に、ほかの社があまりやらない婦人記者の潜入体験記ということになっていますから、一生懸命にやらなければなりません」

「まあ、そうムキになるなよ」

竹倉は大きな上体を脇息《きょうそく》に傾けていた。彼はいつの間にか盃をやめてコップに代えていた。酒は強いのだ。

「監督がてら、君も遊びに行ってみたいんじゃないか？」

「じょう、じょう談じゃありませんよ」

社長は笑って、

「まあ、もう少し、ここにいなさい。そのうち二人が戻ってくるだろう。あんまり遅いようだったら見に行ってもいいがね」

「はあ」

「段取りはついているんだろうな？」

「村山が心得ているはずですから」

恵子はこの問答を横で聞きながら、変だなと思った。村山には全く準備も何もないのだ。だから、恵子が空しく引揚げるような結果になった。村山は調子がいいから、前川に適当に言っているのかもしれない。

前川一徳は、そのあと暫《しばら》く腰を据えていたが、そのうち黙って席を起《た》った。

竹倉もその姿に眼をあげたが、手洗とでも思ったらしく黙っている。恵子もまさか、そのまま前川一徳が戻ってこないとは思わなかった。

だが、前川は容易に姿を見せない。

恵子は、気づいてどきりとした。

「前川の奴、出て行ったらしいな」

竹倉が呟《つぶや》いた。

「あいつ、妙なところに気を利かせる」

しかし、竹倉はずっと機嫌がよくなっていた。

竹倉社長は機嫌よく呑んでいる。しかし、恵子は早くこの座敷から脱《ぬ》けたかった。

たった二人だけでいるのは気詰りだし、自分だけが宿の着物でいるのも不安だった。

女中を呼びましょうか、と言っても、竹倉は内輪同士のほうが気が置けなくていいととめた。

「君も、少し呑まないか?」

竹倉は何度も盃を出すが、恵子は頑固に断わった。

「お酒はダメです。わたしのようなものがここにいるよりも、もっと面白い芸者さんでもお呼びになったらいかがですか?」

恵子もかなり遠慮がとれていた。竹倉の本情はまだ分らないが、ここに坐《すわ》っている限りでは、社で気難しい顔をしている男とは違っていた。

「いや、やっぱり止めよう。もう芸者も詰まらなくなったからな」

「どうしてでございますか？」

言外に、こういう場所に恵子といるのが滅多にないチャンスだと匂わせている。

「でも、わたくしではお相手ができないから、社長さんも面白くないでしょう？」

「君はそんなことをいうが、わしは何も浮かれたいために、こうして呑んでいるんではないからな。今夜は、一つ、社員だけの仲間に入って、ぼくも仕事をするつもりでいる気構えだ」

そんな様子は社長に少しも見えなかった。

それに、村山も林も戻ってこないし、前川一徳も姿を見せない。

恵子は、もう社長にこの部屋から出てもらうことを申し出ようとした。しかし、部屋代は自分が払っているのではない。社費で支払われているのだ。すると、自分の部屋だが、実は竹倉の部屋だともいえる。

もし、社長がこのままねばるのだったら、恵子は自分だけでもよその旅館を捜すつもりになった。

「もう遅うございますから」

彼女は言った。

「わたくし、失礼させていただきます」

「いや、ご免、ご免」

竹倉は自分も腕時計を見て、あわてたようにいった。

「つい、ひき留めて悪かったな。わしの悪い癖で、酒になると長くなる。迷惑をかけた」

こういうふうに素直に謝まられると、恵子も少し竹倉を見直したくなる。

彼女はまだ男性とこういう交際をしたことがなかった。勤めも日が浅いし、男の心というものが分っていない。いつも防禦心《ぼうぎょ》だけが先に立つ。大村の経験が彼女にそれを教えていた。

尤《もっと》も竹倉は社長だから、大村のような非常識はないだろうが、それでも警戒は必要だった。

「君、宿の者を呼んでくれないか。わしは少し酔ったから、別間に移る。君は、ここでゆっくりし給え」

4

恵子は容易に寝つかれなかった。

場所が違うと神経が休まらない。完全にここに独りできているというわけではなかった。また、自分の金で入っている旅館でもなかった。

遠いところで、ざわめきが聞えていた。それは唄声《うたごえ》だったり、三味線だったり、笑い声だったりした。

旅館の表が道路になっているので、遅くまで人の歩いている音がする。時計を見ると十一時に近い。彼女はスーツケースの中から雑誌を取り出して読みはじめた。あまり面白くない本だが、普通こういうものを読んでいると、いつの間にか睡りに入れる。が、今夜はそれがなかった。

ほかの男たちが、宿に帰ったかどうかは分らなかった。

恵子は、前川一徳も、村山も、林もさして気にはしなかったが、竹倉社長だけは意識から離れなかった。この部屋から出るときは、一応紳士的だったが、彼の部屋がどこだか分らない。案外、この部屋に近いようにも思える。

それに、竹倉が前川一徳を伴《つ》れてあとからこの旅館に来たというのも不安でならなかった。気を回せば、はじめからそういう仕組になっているようにも思える。村山が営業部員であり、林が取材に不馴れな男というのも符節を合わせたようだ。

恵子を宿に残して彼らばかりで出て行ったのも、竹倉や前川を恵子に会わせるために仕組んだ筋書のようにも考えられてくる。その前川も途中で消えてしまった。

こんなことを考えていると、眼がいよいよ冴《さ》えてくる。

新しく移ってきた婦人編集部員の中で、恵子だけを残したというのも、そこに結ばれそうだ。だが、恵子にはまだ迷いがあった。こういうふうな解釈は竹倉社長が恵子の入社当時から眼を着けていたことになる。この前提にたたない限り、恵子の推測は成り立たないのだ。

恵子はそれほど自分に過剰な意識を持っていなかった。竹倉は金も持っているし、恵子などよりはもっと若くてきれいな女性をいくらでも相手にすることができる。何を好んで自分などに眼をつけよう。

今度の取材旅行の模様があまりにも変っているので、ついそう考えたくなったのだと、恵子は自分を納得させて、思い過しを訂正した。

そんなことを考えるよりも、早く寝なければならない。明日の仕事があるのだ。彼女はスタンドの灯を消して眼をふさぎ、蒲団《ふとん》を被《かぶ》った。が、やっぱり駄目だった。

寝つかれないというのは苦しい。なんだか頭だけが眼をさまし、胸の動悸《どうき》がいつまで経っても平静になってくれない――。

突然、音がした。

恵子がはっとしたのは、次の間を隔てた入口の戸があっさりと開いたことだ。戸は格子戸になって内側から錠を差し込むようになっている。それが実にさっと開いてしまった。

のみならず、畳を踏んでくる足音が枕もとに響きそうなくらい大きく近づいてきた。

恵子は飛び起きた。

「どなた?」

恵子は蒲団から離れて床の間の前に身を寄せた。

襖《ふすま》はまだ開いていなかった。恵子の声に向うの足音もぱたりと停った。

恵子は宿の着物の衿《えり》をかき合わせ、きちんと坐って身構えしていた。眼は今に開くであろう襖に一ぱいに見開いていた。

直感で竹倉社長だと思ったが、或《あ》るいは三人の社員のうちの誰かが戻ったかもしれないという甘い観測もあった。

しかし、表の格子戸の錠はたしかに掛けている。あれを外部からはずすことはできない。

すると誰かが宿から鍵《かぎ》を借りて開けて入ってきたのだ。そのような強引なやり方をする人間は一人しかいない。この部屋の借主である社長の竹倉だ。

恵子は自分の身なりを考えた。咄嗟《とっさ》のことで浴衣《ゆかた》着だけである。宿の茶色の袷《あわせ》をまとう暇もなかった。

蒲団をたたむ余裕もない。

「どなた？」

また訊《き》いた。

「ぼくだ、はははは」

はじけるような笑い声だった。畳が重く鳴ると、襖が音立てて開かれた。

恵子は思わず身体をかたくして手で胸を囲った。

竹倉社長が茶色のどてらをまとって、閾《しきい》のところに仁王立ちになっている。顔が赧《あか》くなっていた。

「どうも睡れなくてね」

彼は艶《つや》やかな頰を笑わせながらうしろ手で襖を閉めた。

「君と話をしたくなって来た。どうも、年を取ると寝就きが悪くなって困る」

竹倉は露骨な眼で夜具を見た。鹿《か》の子絞りの花模様がちりめん地に緋色《ひいろ》を咲かせている。恵子は息が詰った。

竹倉は大きな図体《ずうたい》をどしりと蒲団の横に据えて坐《すわ》った。

「君もまだ寝てなかったのかい？」

竹倉は恵子の姿をのぞくように首を伸ばした。二人の間には赤い蒲団が川になっていた。

「ええ」

恵子はやっと声が出た。

「じゃ、丁度いい。ここにしばらくお邪魔をして話をしているうち、睡くなったら引揚げるからね」

彼は懐ろの中から外国煙草の函《はこ》を悠々と取出した。

「社長さん」

恵子は身じろぎもしないで言った。

「うん？」

「お話なら、ここでは困りますわ。それに、わたくしもこんな恰好《かっこう》ですから、ちゃんと支度を仕直してお目にかかりたいんです。玄関の横に応接間のような所がありますから、そこでなら、いくらでもお相手しますわ」

「水臭いことを言うね」

社長は太い声で答えた。

「第一、あんな寒ざむとした所なんかには行きたくないよ。この座敷がいい。君がその恰好で困るのだったら、支度をするまで、ぼくは次の間に入っていてもいいよ」

「困りますわ」

恵子はあぐらをかいて坐っている竹倉にきっぱりと言った。

「こんな部屋に、たとえ社長さんでも、男の方とたった二人でいるのは誤解を受けますわ。社長さんもご迷惑でしょう。わたしだって嫌です」

「誤解だって？」

竹倉の顔には彼女の抗議が少しもこたえていなかった。口もとのうす笑いも、恵子を見る粘こい眼つきも、依然として変りはなかった。

彼は悠々と懐ろから煙草を出してマッチをつけた。いよいよ、ここにねばり込むつもりなのだ。

「まあ、そうかた苦しいことをいうもんじゃないよ」

社長はふっと青い煙を吐き、うすい浴衣姿ですくんでいる恵子の身体をじろじろ眺め回した。

「社長と社員の関係は、いわば一軒の家庭の中にいるようなものだ。それも、東京だったらいろいろと人の眼もうるさいだろうが、ここなら誰も知っている者はいないからな」

竹倉の言い方で、恵子は自分が罠《わな》に落ちたことを知った。ここなら誰も知らないというが、前川一徳も、村山も、林も、ちゃんとそれを知っているではないか。

いや、こういうチャンスを社長につくらせるために、彼ら三人が共謀して竹倉の意を迎えているのだ。先ほど考えていた恵子の懸念は、すでに懸念ではなくなった。はっきりとした事実だった。

恵子と竹倉の前には赤い夜具がある。また竹倉の後ろは、次の間を通って出口へ向う襖になっている。十畳の間の狭さが恵子にひしひしと迫ってきた。

「そんなことをおっしゃるけれど」

恵子は、できるだけ落着いた声で言った。声と気持とが逆になっている。

「わたしの心が休まりませんわ。そこを退《ど》いて下さい」

「出るのかい?」

竹倉は悠々と厚い唇の間に煙草をはさんでいた。

「こんな恰好ではどこにも出られません。次の間に入って下さい」

帰れ、というとかえって竹倉の襲撃を誘いそうであった。

「支度だったら、ぼくの前だって構わないよ」

竹倉の言葉がだんだん図太くなった。彼もはっきりと態度を決定した感じだった。社長としての一切の威厳も体裁も、彼はかなぐり捨てていた。

「なあ、井沢君。君はぼくを誤解しているかもしれないが、ぼくは口下手な男でな。女の子をくどくということはできない性分だ。本当をいうと、前から君に惚《ほ》れていた。君がうちの社にきたとき、一ばんに眼についた。そのときにぼくの意思を伝えればよかったのだが、性来の口下手と周囲の眼とがあって、チャンスがなかったのだ」

恵子は牛のように坐り込んでいる竹倉に、必死の眼を向けた。

「そんなに君が気にするのなら、ぼくは向うの間に移っていてもいいよ」

竹倉は煙草を懐ろに仕舞うと、そこから起《た》ち上りかけた。

恵子はほっとした。彼が隣の部屋に襖を閉めて隠れると、素早く寝巻の上から宿の着物をつけた。耳を澄ましても、竹倉が出て行く様子はもちろんない。こうして支度をしているのを、襖の隙間からのぞき見されているような気持の悪さを覚える。

彼女は財布をスーツのポケットから取った。今夜はとてもこの部屋に寝る覚悟がつかなかった。宿に交渉して空いている部屋があれば、こっそりそこに入れてもらうつもりだった。

スーツに着更《きか》える間はなかった。そんなことをすると、外出を咎《とが》められ、竹倉に抱き締められて何をされるか分らない。彼の前から脱出するには、手洗いにでも行くような恰好をするほかなかった。

彼女は襖の前に立った。控えの間は四畳半だが、襖を開けた途端に潜んでいる竹倉が飛びかかってくるような気がして息が詰まった。思いきり襖を開け、さっさと歩いたほうが、いつまでもそうしてはいられなかった。

がかえって相手の気持を殺《そ》ぐかもしれない。

恵子は襖を開けた。すると、正面に竹倉が落ちつかない恰好で立っている。恵子の姿を見ると、

「君、どこに行くんだ？」

と訊いた。

「お手洗いに行って参ります」

「嘘だろう。そんなことを言っておれの前から遁《に》げるんだろう？」

あっという間もなかった。竹倉の顔が急激に近づいたかと思うと、彼女の身体は抱きすくめられた。

恵子は男の力の中から脱《ぬ》けようとし、のしかかってくる彼の顔を手で突張った。彼の顎《あご》を力いっぱい押し上げたが、竹倉はそうされながらも恵子の帯を両手でしっかりとつかまえている。宿の帯は短い博多織であった。

竹倉の太った顔は恵子の額に激しい息を吹っかけている。

「止めて」

恵子は、自分の身体が男の力に引きずられて、蒲団《ふとん》の敷いてある部屋につれ戻される

のを知った。襖《ふすま》も、天井も、壁も彼女の眼の前に傾きゆらいだ。

肥えているだけに、竹倉の息遣いはいよいよ荒くなる。が、上体は彼の腕の中に反り返っていた。身体を防禦《ぼうぎょ》することに気を使うと、竹倉の口が顔に襲いかかって来そうである。そのほうに気を取られると、身体ごと倒れそうだった。

恵子は倒れまいとして脚を突張る。

もう、言葉を出す余裕はなかった。懐ろがはだけ、着物がずれて肩が出た。脚がいつの間にか柔らかい蒲団の上に載っている。恵子が自分の脇の下を締めている彼の腕に嚙《か》みついた途端、天井が急速に遠くなった。同時に背中が蒲団の上に倒れた。

竹倉が上から彼女の両腕を押えつけて、かがみこんできた。

5

恵子の両肩は竹倉の力で押えつけられて身動きもできなかった。

竹倉は犬のように荒い息を吐きながら彼女の唇を吸おうと口を尖《とが》らしている。恵子は顔を横に向け、その攻撃から守っていたが、竹倉は遂に頰に吸いついてきた。気持の悪い唾《つば》をぬらぬらと塗りつけた。

竹倉は恵子の身体をその力で膝《ひざ》の下に固定させると、目の前にある恵子の柔らかい耳《じ》朶《だ》に咬《か》みつく。恵子の顔が歪《ゆが》んだ。竹倉はその苦痛の表情を見てよけいに唆《そそ》られたらしい。

　酒臭い息と口臭とが、何ともいえないいやな臭いになって熱風のように吹きつけられた。恵子は跳ね起きようとしたが、竹倉の力には及ばない。もがくとよけいに竹倉の思うツボの態勢になりかねなかった。

「井沢君」

　竹倉は激しい息の中から言った。

「ぼくはこれほどまでに君を思っている。なあ、あとはぼくが十分に責任を持つ」

　彼は一語一語に低いが力をこめ、

「君だけは絶対に社から辞めさせない。ほかの連中はともかく、君だけには残ってもらう」

　と、耳もとに囁《ささや》く。

「また君が希望するなら働かなくたっていいよ。生活費ぐらいは出せるし、相当なマンションにも住まわせてあげる」

　恵子は顔をできるだけ下に押しつけながら、「いや、いやです」と叫んでいた。

「君も年のいかない小娘ではあるまいし、結婚の経験もある女だ」

　恵子は唇を嚙《か》んだ。

「ふ、ふ、何でも知っているぞ。君のことなら全部調査が行届いている。そんなにぼくの前で体裁ぶっても意味はないよ。……君は山根と出来ているんじゃないのか。ええ、違うか?」

竹倉は恵子の手が痺《しび》れるぐらい強い力でぐいぐい押してきた。

「どうも様子がおかしい。山根の奴、おとなしそうな顔をしているが、おとなしい男はくせ者だからな。この前も、君は山根といっしょに電車で帰ったそうだな?」

「………」

「返事ができない。どうせ他人に許した身体だ。これだけぼくのような男に惚れられたのは、君も本望だろう。山根のようなへなへな男よりは、よっぽど頼りになるぜ」

「放して」

「なに、いや? お前はまだ山根に義理立てしているのか?」

「山根さんとは何でもないわ」

「嘘つけ。おれには分っている。……恵子」

竹倉は自分の言葉に熱を注がれたか、恵子を押えた腕を彼女の首に回し、自分の思い通りの最後の態勢にかかろうとしていた。

このとき、ふいと卓上の電話が鳴った。竹倉がどきりとしたように顔をあげた。瞬間、彼の動作が停止した。

ベルは一定の間隔をおきながら鳴りつづけている。すると、竹倉は面倒臭そうに片手を伸ばして受話器をはずした。コードが畳の上に長々と伸びた。

畳に転がった受話器からは、もしもし、もしもし、と声が洩《も》れていた。帳場から女中が呼んでいる。

竹倉はそんなものには見向きもしないで、恵子を蒲団の中に引きずり込もうとしていた。どのように抵抗しても、彼女の身体はずるずると男の力に引きずられた。次第に自分の力の弱まりを感じた。激しい憎悪と、絶望感が襲ってくる。

この宿のさほど遠くない座敷から三味線と唄声《うたごえ》とが聞えていた。のんびりとした賑《にぎ》やかなその声が、恵子とは全く縁のないところで行われている。

恵子も全身から汗が出ていた。竹倉も荒い息といっしょにその額から汗をぼとぼとと落した。それが彼女の顔に気持悪くかかってくる。

恵子は叫ぼうとした。すぐ近くに廊下を歩む人の足音もするのだ。それが全くここには係わりなく素通りして過ぎる。

「井沢君」

竹倉はもう自分のどてらを脱ぎ捨て、下の浴衣《ゆかた》だけになっていた。それも胸がはだけて、男臭い体臭が容赦なく恵子の顔に迫った。酔ってはいても彼の力はますます加わってくる。畳に転がった受話器の声もいつか止んだ。

恵子は最後の力を出した。竹倉の手が彼女の懐ろに入ったので必死になったのだ。彼女は竹倉の身体を押し除《の》けようとしたが、これは彼の罠《わな》の中に落ちたようなものだった。恵子の背中が起きたのを幸いに、男は彼女の全身を完全に自分の中に抱え込み、そのままの態勢で彼女は押し倒された。

竹倉の咽喉《のど》が、ぐ、ぐ、というような声で鳴っている。彼は恵子を上から睨《にら》みつけると、その髪を摑《つか》み、咽喉を圧《お》してきた。彼女の意識が遠のきかけた。

恵子はうすれゆく意識の中で竹倉の手が皮膚にさわってゆくのを感じた。

「ごめん下さい」

ふいに、女の声が隣の間からした。

竹倉の動作が止んだ。しかし、恵子を放そうとはしない。

「ごめん下さい」

声は二度呼んだ。竹倉はおし黙っている。留守にみせかけようとしているのだ。恵子は咽喉を押えられて声が出なかった。

畳を踏む足音が近づいた。竹倉がぎょっとしたようだ。

「ごめん下さい」

声は襖のすぐ向うで聞えた。

「誰だ?」

さすがに慌てて竹倉が咎《とが》めた。

「あの……」

女中は襖際に坐《すわ》っているらしいが、何かを感じているらしく襖を閉めたままだった。

「竹倉さまはいらっしゃいますか?」

「竹倉はおれだが」

彼の声が不安そうに訊《き》いた。

「何だ?」

「はい……あの、奥さまが東京からお見えでございます」

竹倉はどきりとしたように恵子を押えた手を思わず緩めた。

「なに、女房が来た?」

「ど、どこにいる?」

「はい、竹倉さまのお部屋に入っていらっしゃいます」

竹倉はおかしいように慌てだした。彼は急いで起《た》ちあがると乱れた着物を直した。

「どうしてここにいるのを知ったのだろう?」

彼は呟《つぶや》いた。

「あの……」

襖の向うから女中の声は訊いた。

「こちらにお通しいたしましょうか?」

「ばか」

竹倉は怒鳴った。

「すぐにそっちに行く」

彼は逸早《いちはや》く床から離れて壁際に背中を付けている恵子を睨んだ。

「今のことは誰にも言うな。いずれこの始末はつけるが、それまで誰にも秘密にしてるんだぞ」

竹倉はそう言うと、襖《ふすま》を開けた。
三十二、三の女中がすぐ前に膝《ひざ》をついている。彼は上からどなった。
「いつ、家内は来たのだ？」

「はい、たった今お着きでございます」

「仕様のない奴だ」

竹倉の太い身体が大急ぎで廊下に出た。

女中はそのうしろ姿を見送って、逸早く恵子のいる傍に飛び込んできて、その耳に囁いた。

竹倉は自分の部屋に戻った。廊下で自分の身なりを点検し、落ちついて襖を開けた。

彼は忙しく眼を動かした。妻の姿はなかった。その辺に坐った形跡もない。ハンドバッグもなければ、着物もなかった。彼が出て行ったときのままだった。

「おい」

竹倉は大声を出し、手を鳴らした。

「はい」

廊下から声が答えた。

「家内はどこにいる？」

先ほどの女中が急いで襖を開け、そこに膝をついた。

「あら、いらっしゃいませんか？」

「この通りだ。どこに行っているんだ？」

「たった今お越しになったので、こちらへお通ししたばかりです。おかしいですわ。……そいじゃ階下《した》の応接間を見て参りましょう」

「いい」

竹倉は睨んだ。

「ほんとに女房だったのか？」

「ええ、はっきり竹倉さまとおっしゃいました」

女中も変だという表情をし、丁寧にその辺の襖や外側の障子を開けていたが、

「もしかするとお手洗いかも分りませんから、ちょっと見て参ります」

と出て行った。

竹倉は突立ったまま、一体、誰がここに来ていることを女房に密告したのだろうか、と首を傾げていた。

恵子は素早く仕度をした。女中が、

「竹倉さんとおっしゃる方はご自分の部屋におられますから、今のうちです」

と廊下に向って見張ってくれていた。

「どうも様子が変だと思いましたから、ああいう芝居を打ちました」

女中は旅館に働いていると今のようなことはしばしば見るという。怒られるかもしれ

ないが、見かねて取計らったのだといった。

恵子は女中の機転を感謝した。顔が赧《あか》くなったが、ぐずぐずしてはいられなかった。女中もここに竹倉が戻ってくるといけないからと言い、裏口の階段を教えて、部屋を出て行った。

恵子は大急ぎで支度を終り、廊下に出て、玄関とは反対のほうの階段に向った。降りると、廊下は曲りくねっている。女中から教えられた通り歩いて行くと、調理場の横に出た。そこからこの家の家族専用の裏玄関がある。いつの間にか恵子の靴がそこに揃えられてあった。

彼女は裏口から出ると、狭い通りを小走りに走った。うしろを見た。誰もあとから来る者はなかった。

やや広い通りへ出たが、まだ安心はならなかった。向うから来る編集部長の前川一徳や、村山や林などに出遇《であ》う危険がないとはいえない。彼女は駅の方角に向って人通りの少ない通りを択《えら》んだ。頭の中が熱のようなもので詰っていた。

まだ竹倉の酒臭い息や、ぬるぬるした手が自分の身体いっぱいに付いていた。早くこのいやな感触を落さなければならない。それに夜も遅かった。

一刻も早く風呂《ふろ》に入りたかったが、熱海では危険だった。この夥《おびただ》しい旅館の街が安心できないのだ。いや、熱海にいること自体が安心できなかった。

駅前に出る急勾配《こうばい》の通りに出た。

車があとからあとからヘッドライトをともして追越してゆく。その車の中に竹倉が眼を光らして坐っているようで気が気でなかった。なるべく道の暗い端を歩いた。が、ヘッドライトの光は容赦なく彼女の背中を照らす。

――竹倉はむなしく自分の部屋に三十分ばかり釘《くぎ》づけにされていた。東京から女房が来たというのがこたえた。

熱海に来ることは女房に言っていない。前川一徳と示し合せて、今夜は会議で箱根《はこね》に行っていることになっている。それをどうして熱海だと嗅《か》ぎつけ、しかも正確に旅館まで知り得たか。

一体、誰が通告したのか、さっぱり心当りがなかった。まさか秘密探偵社員を使ったわけでもあるまい。

それにしても女中も戻らず、女房の姿も現われなかった。

変だと感じたとき、やっとさっきの女中が戻ってきた。

「すみません、お客さま。お見えになった奥さまはお客さま違いでした」

「何っ」

竹倉はかっと眼をむいた。

竹倉は恵子に逃げられたのを知った。宿の女中と共謀だった。

騙《だま》されかたも、他愛のない方法だった。うまうまと女中の手にのせられてしまったのだ。

正面から女中を罵《ののし》れないのが余計に腹が立った。突込んで叱れば、竹倉は自分の恥を全部この旅館にさらさなければならない。さすがに、その覚悟はつかなかった。

女中が人違いでしたといえば、これも、ああそうかというほかはない。せいぜいいっても、その「手違い」を叱るだけだった。

竹倉は恵子のいた部屋にも行ってみて、女の居なくなった跡を憮然《ぶぜん》として見回した。腹が立ったがどうにもならなかった。

それでも、竹倉は恵子が逃げたと知った直後、車を呼んで駅まで行ってみた。洋服に着替えている暇もなく、宿の着物のまま車に乗ったのだが、恵子の姿は発見できなかった。途中でヘッドライトに映し出される通行の女に油断なく眼を配ったが、それらしい影も見えなかった。

宿から駅までは車で瞬く間だった。仕方がないので旅館に引返してきたが、取り逃したと思うと余計に恵子の身体が欲しくなった。一時はすぐにでも会社を辞めさせるつもりだったが、そんな処置をすると、こちらが負けになると思い直した。こうなったら女はどうしても手に入れなければならない。馘《くび》にするのだったら、目的を遂げた後だ。

短い時間だったが、竹倉は恵子の身体に自分の痕跡《こんせき》を付けたと思っている。少なくとも、その間の行為は彼女の身体の上に作った彼の実績といえた。今後はこの実績に立って彼女に立ち向うことができる。も早、経営者と従業員の関係でないことは恵子に十分に知らせたはずだ。

竹倉の焦慮《いらだち》は容易に静まらなかった。編集部長の前川一徳も、部員の村山も林も戻ってこない。これは当然で、竹倉に恵子を任せたあとは、明日の朝までは旅館には帰らないことになっていた。

それだけに、竹倉の焦慮は大きくなってくる。

廊下には見知らないアベック客が何組も歩いていた。

「おい」

竹倉は室内電話の受話器を取上げていった。

「芸者を呼んでくれ」

「さあ」

帳場の女の声がためらっていた。

「予約でないと、芸者衆はいそがしくて来られないと思いますが」

「祝儀ははずむよ。なんとか都合をつけてくれ」

竹倉はいよいよ男を下げている自分に腹が立った。

彼は今夜酒でも呑《の》んで、憂さばらしに思う存分遊ぶことにした。こんなふうなら前川を一度ここに帰らせるのだった。あの男も今ごろよそで適当にやっているかと思うと、彼はますますじれてきた。

七章　波

1

　恵子は熱海の駅前に来たが、あとから竹倉が車で追っかけてきそうな気がして、駅の内にうろうろしていられなかった。あの竹倉のことだから、見つけ次第乱暴をしないとも限らない。多分、彼は激怒しているに違いないから、人前も何もあったものではないだろう。そのときの醜態を考えると、身を避けたかった。

　恵子は熱海駅と反対側のほうへ歩いた。

　この辺は熱海の賑《にぎ》やかさと違い、ずっと静かになっている。旅館も多い。場所は伊豆《いず》山《さん》だった。

　時計を見ると、もう十二時近くになっている。東京に帰ることも考えたが、この時間だと車を使うほかはない。それに身体が疲れていた。

　熱海と違って、この辺なら竹倉も気がつくまいと思い、片側の旅館の看板を探すようにして歩いた。

　道は急な下り坂になり、勾配に沿って旅館の塀がいくつも延びている。

自動車は絶え間なく、前からも後ろからも走って過ぎた。その辺から熱海に遊びに行く者も大ていい車を利用している。

女ひとりで見ず知らずの旅館に入るには心が臆《おく》したが、こうなるとそこに泊らざるを得ない。なるべく安心のできる旅館を探すつもりでいると、適当なところがなかった。ほかにもっといい旅館がありそうな気がして、つい長く歩いてしまう。

道はいよいよ下りにかかっていた。

恵子は間もなく旅館の屋並がきれそうになったので、また元に引返した。なかなか決心がつかない。

だが、歩いているとますます時間が遅くなるので、思い切って眼についた家の中に入った。さっき見た旅館だが、これ以上歩けないので諦《あきら》めた。彼女がひとりで歩いているのを男客が二、三人でじろじろ見ているせいもあった。事実、今日は派手な服装できている。

「おひとりでいらっしゃいますか?」

女中は怪訝《けげん》そうに恵子を見て、あまりいい部屋ではないがと断わって案内した。長い径《こみち》だった。正面に松の立木が黒々とふさがっている。

斜面を利用して建てられているので、径は少し下るかと思うとまた別な方角へ上っていた。旅館は一つの建物ではなく、斜面に沿って散っていた。

「どうぞ」

あまり大きくない家だが、裏が別の建物に続いている。

恵子はほっとして外側のカーテンを引いた。ガラス戸の前が海だった。松の枝越しに赤い漁火《いさりび》が見えている。

恵子は、はじめてその晩ゆっくりと睡った。

しかし、床に入っていろいろなことを考えた。さし当ってあの出版社を辞めることである。

もうあの会社はこりごりだった。

熱海に取材に来たのも、週刊誌といっしょに移ってきた山根や、そのほかの人たちの立場を考えて、気の進まないままに従ったのだ。

社長の策略が分った今は根底からその義理立ても意味がなくなってくる。

明日からはまた仕事探しだった。今までは、多少その世界を知っているからこういう職業に就いたが、今度はジャーナリズムとは全く関係のない普通の会社に入ろうと思った。

だが、学校を出てすぐということではなく、一度結婚の経験があると、条件が悪くなってくる。いや、第一勤め口があるかどうか分らないのだ。

彼女には特殊技能も何もなかった。タイプも打てない。算盤《そろばん》もできない。年齢は二十四歳になっている。こういう女をどこの会社が必要とするだろうか。正式な入社試験でも極めて難しいのだ。

恵子はそんなことを考えているうちに、疲れのために睡りに入った。

眼がさめたとき、カーテンに陽が眩《まぶ》しく射していた。

恵子は外の空気を吸いたかった。

海が近いので、ガラス戸を開けただけでも風が強く入ってくる。

庭下駄をはき、海の傍まで行ってみたかった。宿の庭が斜面の端まで伸びていて、そこからは切り立った崖《がけ》になっていた。

崖の下が松林になり、波打際はすぐそばだった。

朝の海を見るのは何年かぶりだった。汐《しお》の匂いが強い。

恵子はしばらくそこにしゃがんで、白い波が崩れるのを見ていた。沖合は朝の靄《もや》の中に融《と》けて、船の影はなかった。

心の中まで青い空気が入ってくるような思いだ。こうして、大きな景色を見ていると、昨日までの煩しさが消えてしまいそうだった。

恵子は二十分ばかりもそうしていた。

爽《さわ》やかな気分になって元の径を上った。昨夜は暗かったが、こうして明るいところで見ると、なかなか大きな旅館でそれぞれ離れて建てた家もしゃれている。自然の松林も庭の中に残っていた。

そのとき、恵子の眼が木立の間を歩いている一組の男女の後ろ姿に停った。

男も女も肥えていた。恵子にはその背中の特徴に見おぼえがあった。急いでその辺に隠れようとしたが、あいにくと斜面の途中なので建物に遠かった。

男女は、前川一徳と梶村久子だった。恵子は息を呑んだ。

下の斜面の松林の間に梶村久子と前川一徳との仲のいい姿が消えてゆくのを、恵子はぼう然として見送った。

ちょっと現実とは考えられなかった。梶村久子と大村隆三なら話が分る。だが、前川一徳とこの女流作家とではどういうことになっているのか。

恵子は、自分の姿が前川に気づかれるのをおそれて部屋に戻ったが、しばらくは自分の頭までがおかしくなった。

だが、考えているうちに、その絡み合いの糸が自然に解けてきた。

「週刊婦人界」には新連載として梶村久子の小説が載ることになっている。この週刊誌には大村隆三が前川一徳に口を利いて梶村久子を推薦したようだ。

ところが、梶村久子はここのところしばらく不調で、さしたる注文もなく、いわば鳴かず飛ばずの状態をつづけている。彼女は焦っていた。そこへ週刊誌の連載小説を頼まれたのだから彼女も感激したに違いない。

そこから新しく前川一徳との交際がはじまるのだ。

女流作家が沈滞から浮びあがるまでには、数々の編集者の協力がなければならない。ところが、女流作家の中には自分の作戦から編集者を味方につける必要があり、とかく肉体を提供する例がこれまでもあった。もちろん、これは古い型である。物故した或《あ》る有名な女流作家は、流行作家になるまでにそのような経験を経たといわれている。

梶村久子は、自分に新しい生命を開いてくれる舞台を提供した週刊誌を何としてでも確保しなければならなかった。彼女は前川一徳がその実力者と信じた。

その辺から二人の交渉がはじまったと思える。もっとも、どちらのほうが先に持ちかけたかは分らないが、おそらく、梶村久子からだと思われる。前川も女好きのようだが、うば桜の梶村久子に積極的に手を出すほど物好きではあるまい。ただ久子の持ちかけに応じたというところであろう。

恵子は女流作家というものの浅ましさをまざまざと見せつけられる思いだった。自分が秘書のような恰好《かっこう》でつかえていた高野秀子も男関係では相当なもので、恵子はそれに反撥《はんぱつ》をおぼえていた。

梶村久子のこの隠れ遊びは、むろん、大村隆三には内緒である。一夜の浮気のあと、大村には口を拭《ぬぐ》っていようというわけだ。

女中が朝食の膳《ぜん》を運んできた。

恵子はそれをとりながら、給仕をしてくれる女中に何気ないように訊《き》いてみた。

「先ほど、よく肥えた中年の女の方と、やはり肥《ふと》った男の方とが歩いていらしたけれど、あの方たちはいつこちらに見えたんですか？」

その特徴で女中はすぐに通じた。

「女の方は昨日の朝ここにお入りになりました。男の方は昨夜十時過ぎにお着きになりました」

二人は示し合わせていたのだ。前川一徳は社長に恵子を押しつける作戦をとり、自分は梶村久子をここに待たせていたのである。

「あのご婦人は小説家でいらっしゃるんですか？」

女中は恵子に食事のサービスをしながら訊いた。

「さあ、知りませんね。どうして？」

「お着きになってからずっと机に原稿用紙をひろげて書いていらしったけれど、大へんな紙屑《かみくず》でしたわ。なんだかいらいらしておっかないお顔のようでしたが、男の方が着かれると、途端ににこにこして、ずいぶん甘えていらっしゃるように見えました」

「そう」

恵子は苦笑した。

「あちらは、もうすぐ発《た》たれるんですか？」

恵子は、前川と久子とがここを出発する前に出たかった。顔を見られてもいけないし、見ても悪い。

「さあ、係りが違いますから分りませんけれど、もう少しごゆっくりじゃないんでしょうか」

今日はこんな調子だと、社長も前川一徳も社に出てくるのが遅くなるだろう。このまま会社に行ったものか、それとも今日は休んで明日辞めることを言いに行ったものか、恵子は思案した。

だが、いずれにしても山根には辞める意志を伝えなければならない。

車が来たのでそれに乗り、湯河原《ゆがわら》に向った。熱海だと竹倉社長や村山、林などに発見されそうだった。湯河原だと車輛《しゃりょう》が違うという安心もある。

湯河原から乗ったが、心配した人間はいなかった。東京駅まで安心して乗れた。

東京駅に降りて、恵子はちょっとためらった。このまま社に顔を出すのが都合の悪いような気持でもある。しかし、どうせ辞めると決めたのだから、ついでに辞表でも書いて帰ることにした。

社に出ると、想像通り、社長もほかの二人も戻っていない。みんなは恵子一人が帰ってきたのを見て、取材は済んだのか、と訊いた。但し、社長と前川とが熱海に行ったとは思っていないのだ。

ここで恥ずかしいことを打明けられないので、それにはいい加減に返事をし、山根を捜したが、その机はきれいに片づいていて、椅子は机の下に押込まれてある。

「山根さんは？」

恵子の問いに近くにいた若い編集部員が答えた。

「山根さんは、奥さんが急に具合が悪くなって入院されたので、今朝《あさ》から見えませんよ」

恵子は胸を衝《つ》かれた。

山根が一人でおろおろしながら病妻を病院に担ぎ込んだり、面倒な買物をしたり、看病したりする有様が眼に映るようだった。

「どこの病院でしょうか？」

「さあ」

部員は冷淡だ。いつの間にか山根の現在の位置を旧《ふる》い部員たちも感じ取って、見舞いなどする意志は全くないのだった。

遠くで電話のベルが鳴り、誰かが出て返事をしているのを恵子は気がつかなかったが、

「井沢さん、社長から電話ですよ」

と、その男が片手に受話器を振り上げた。

恵子は社長の電話だと呼ぶ編集部員の声を聞いて、一瞬ためらった。

本当はそんな電話などかかわりたくなかったが、拒絶すると周囲の部員に怪しまれる。

彼女はうとましい気持で受話器を握った。

「井沢でございます」

恵子は乾いた声で丁寧にこたえた。

「やあ、井沢君かね」

竹倉社長は、明るい声で呼びかけた。

「昨夜は失礼した……君、そこに多勢いるかね？」

「はい」

「昨夜のことは誰にも言っていないだろうね」

「はい」

「そうか」

竹倉は安心した声になって、

「昨夜は、少し酔って思わぬ失敗をしたようだ。君は気持を悪くしただろうが、あれは酒の上だと思って気にとめないでくれたまえ」

「…………」

「例の仕事は、みんなの努力でやっと取材できたからね。いまはまだ熱海だが、これからすぐに帰る。君はそこに残っていてくれ。材料は整理してあるから、ぜひ、君の文章で書いて欲しいんだ、いいね？」

「…………」

「もしもし、聞えるかね？」

恵子はよほど受話器をガチャンと置こうかと思った。黙って電話を切るのが、何よりこちらの意志を現わす。余計なことをいう必要はないのだ。

竹倉は、まだ仕事にかこつけている。取材したといっているが、そんなことは考えられない。現に前川一徳などは伊豆山で梶村久子と泊っている。村山も林も何をしていたか分ったものではない。竹倉の言い方は、恵子をそこにつないでおきたい魂胆なことは見え透いていた。

「もしもし」

恵子が黙っているので、竹倉は少し大きな声で呼びつづけた。

「はい」

仕方がないので返事だけはした。

「そうか、分ったかね？　そんなら安心した。ぼくは君が大へんな誤解をして帰ったものだから、昨夜はその心配で睡れなかったよ。とにかく万事は東京に帰って君に話すから、こちらから帰るまでぜひ待って欲しい。あと二時間と少しくらいで社に戻れると思う。いいね？」

「あの……」

恵子が遮る前に、先方から電話が切れた。恵子は受話器を握ったまま佇《たたず》んだ。ほかの部員は何も気付いていない。

さすがに竹倉だった。彼女が予想したように、すぐにクビにするという手段には出ない。竹倉が実際にあの出来事を後悔しているとは思えない。ただ、ここで大きなところを彼女に見せようというのか、あるいは、あとの策略を考えての手段なのか分らなかった。

いずれにしても、この会社は辞めるつもりでいる。従って一度は竹倉に会わなければならないのだ。

竹倉の一行が帰ってくるまであと二時間あまりある。恵子はこの時間を利用して、山根に相談かたがた彼の病妻を見舞おうと思い立った。

2

恵子は山根のアパートに向った。彼の住所は直接には聞いていないが、前から彼に従って移ってきた旧い部員から教えてもらった。

水道橋駅から国立駅までは一時間近くかかった。

駅の北口で降りて、教えられた道順の通り、商店街を過ぎて十分ぐらい歩く。その辺は、最近建ったアパートや住宅が丘陵に沿ってならんでいた。だが、山根の借りているアパートは古ぼけて小さい建物だ。道からかなり引込んでいる。

「山根さんはいま病院ですよ」

管理人が出てきて恵子をじろじろ見ながら言った。

「病院は杉岡さんといって、もう一度駅に戻って南口に出て下さい。その辺で訊《き》くと、すぐに分りますよ」

恵子はまた後戻りした。

これだけでも二十分はかかった。社長が戻ってくるまでには何とか社に着きたいと思っている。病院に行ってもぐずぐずはできなかった。

商店街で花を買い、杉岡病院を訊くと、それは南口から五、六分ぐらいの距離だった。

　この辺はいかにも新開地らしく、商店街の裏はまだ田畑や農家が残っていた。杉岡病院は林の中に白亜の長い建物を見せていた。

「どうぞ、こちらへ」

　玄関にいた看護婦が恵子を案内してくれた。最近建ったらしく、わりと清潔である。恵子はほっとした。

　二階に上る。細長い廊下を突き当って右に折れると、28号室というドアを叩《たた》いた。看護婦はその扉を細目に開けて、

「山根さん、ご面会ですよ」

　と告げて引返した。

　恵子が待っていると、そのすき間から顔がのぞいた。無精髭《ぶしょうひげ》を伸ばした山根は蒼《あお》い顔だった。しかし、その眼が恵子を見ると、一瞬に光を点じたように輝いた。

「やあ、どうも」

　彼は一たん廊下に出て、うしろ手でドアを閉めた。

「山根さん、大へんでしたわね。わたし、仕事から帰って初めて聞いたんですの」

「わざわざ、どうも」

　山根は脂気のない髪をばさばさと掻《か》いた。

「遠いところを申訳ありませんね」

「いいえ……あの、奥さまはどんなご様子ですか？」

「いまは落ちついていますがね。昨夜発作を起したのであわてました。医者に来てもらったんですが、うちよりも病院に置いたほうがいいというので、早速、運び込んだんです」

「ちょっとお目にかかりたいんですが」

恵子はそう言って山根に花束を渡した。

「どうも」

山根はぴょこんとお辞儀をしたが、その顔には意外にも当惑の表情がうかんでいた。恵子はおやっと思った。自分が来たのが山根には迷惑なのだろうか。

「どうぞ」

山根は急にその表情を隠すようにして顔を動かし、恵子を導き入れるようにドアを開けた。

恵子がその病室に入ると、狭いところに人間の影がごちゃごちゃと動いていた。ベッドが三つ並んでいる。それぞれに付き添いが坐《すわ》ったり、立ったりしていたが、恵子が入ると一せいに顔を向けた。

ベッドの下には、果物類や菓子折の空箱などが積まれてある。

山根は一ばん奥のベッドに恵子を導いた。

氷嚢《ひょうのう》を頭にのせた頬のとがった鼻の隆《たか》い女が、乾いた髪を乱して仰向《あおむ》いて寝ていた。

山根はその顔を上からさしのぞいた。

「おい、孝子。社の井沢さんが見舞いに来て下さったよ」

病人は見ただけでも大儀そうな顔をしていた。白けた唇がまくれて歯が少しのぞいている。眼のふちに黒い隈《くま》があったが、かすかに瞼《まぶた》を重そうに開けた。鈍い眼だった。

「どなた？」

病人は、いくらか煩しそうな様子で夫にきいた。

「社の井沢さんといって、同じ編集部に働いている人だよ」

山根の妻は顔を動かさずに薄眼を開け、瞳《ひとみ》を恵子のほうに寄せた。

はじめは何気なさそうだったその眼つきが恵子の顔に止ったとき、急に意識を戻したように強い眼になった。

恵子は上体を屈《かが》めた。

「井沢恵子でございます。はじめまして」

お辞儀をした。

「山根さんには、いつもお世話になっております。奥さまのお加減が悪いと聞いてお見舞いに上りました。いかがでございます？」

生気のない皮膚に外の淡い光りが当っていた。暗い病室はその光の届かない顔の大部分を黒い影にしている。

「…………」

病人は何かいったようだが、恵子の耳には届かなかった。

山根が、なに？　というふうに覗《のぞ》き込んだ。

が、病人は夫を相手にしないで恵子のほうにものをいいかけていた。多分、見舞いの礼だと思って恵子が顔を近付けると、

「山根があなたを世話していますの？」

と咽喉《のど》にからんだ声でいった。

恵子は、はっ、とした。山根もおどろいたらしく、

「孝子、何をいうんだ。井沢さんはぼくの編集部に働いている。それで、そんなふうにお礼をいったんだよ」

と、やや大きな声で告げた。

「そう」

病人の瞳が夫の顔に戻った。

「あなたは、今まで井沢さんのことをわたしになんにも話さなかったわね？」

恵子は思わず身体を退いた。

「ああ、いろいろと社にごたごたが起っていたからね。つい、話すのを忘れていた」

山根はさり気なく病人をなだめるように説明した。そばの恵子に気をつかっているのがよく分った。

「ほら、井沢さんがお見舞いにこんなに綺麗《きれい》な花を持ってきて下さったよ」

山根が恵子の持ってきた花束を病妻の顔の上にかざした。

病人は氷嚢の下から眼を上げたが、興味なさそうにすぐ眼を閉じた。言葉も洩《も》れなかった。

「どうだ、きれいだろう？　その辺が一どきに明るくなったよ」

山根が恵子に気をつかって、そんなことを言った。

「あとで大きな花瓶を買ってきて、これを差しておくからね。それまで、ここに置いておくよ」

寝台の横に備えつけの粗末な戸棚があった。その上に薬瓶や薬袋や、二、三個のりんごや、吸い呑《の》みなどがごたごたと置かれてある。菊、バラ、カーネーションなどの花が、場違いのようにその上に横たわった。

病人が、ふいに低い声で、

「あなた」

と夫を呼んだ。山根が屈み込んだ。

「あの花、ここには要らないわ」

山根の顔色が変った。その小さな声は恵子の耳には届かなかった。

「お隣の患者さんにでも上げて下さい」

「な、なにを言うんだ」

山根は抑えた低い声で叱った。

「せっかくお見舞いに下さったんだ。こんなにきれいな花をお前のために持ってきて下さったんだよ」

「嫌い」

最後の病人の言葉は異様な力を持っていた。山根は何か言いかけたが、声が大きくなるのをはばかってか、自分で病人の顔から離れた。

山根の額にうすい汗がにじんでいた。

「すみません」

狼狽《ろうばい》と困惑とが山根のやつれた顔に走っていた。

恵子は山根の妻が何を考えているかを察した。ここに長くいてはいけないのだと思った。いや、うかつに見舞いにきたのが悪かったのである。

だが、黙って病室を出るわけにもいかないので、その病人の顔に恐る恐るかがみこんで、

「どうぞお大事に。……これで失礼させていただきます」

と小さな声で挨拶《あいさつ》した。

病人は口を開いた。

「あなたの名前はなんとおっしゃいましたの？」

眼をつむったままだった。

「はい、井沢と申します」

恵子はびくびくしながら答えた。

「そう。山根とは大ぶん長い付合いですか？」

「いいえ。まだ近付きになって日が浅《あそ》うございます」

「そう」

病人の声が途切れたので、恵子が離れようとすると、

「あなたのお住居はどこですの？」

と質問が続いた。

恵子には、山根の病妻の仰向いた顔がこわくなった。

山根の妻は乾いた声で恵子の住所を訊《き》いた。

「はい……西荻でございます」

恵子は仕方がないので正直に答えた。何かそのことに引っかけてまた言われそうだった。

「西荻ですか？」

病人は鈍い眼を開けて天井を見た。動かない眼がじっと一点に坐っている。

「西荻というと、やっぱり中央線ですわね」

「………」

「主人はわたしによく牛肉を買ってくれましたわ。国立より西荻のほうがおいしいといって、わざわざ途中下車するんです……あのお肉も、あなたが主人のために見立てて下さいましたのね？」

横に立っている山根が、我慢できなくなったように、

「おい、何を言うんだ?」

叱るように口を挟んだ。

「そんなことは井沢さんには関係ないんだ……君は寝ているから少し神経が過敏になっている。変なことをいうと、せっかく見舞いに来て下すった井沢さんが迷惑するよ」

「そうですか」

病妻の唇に皮肉な微笑が浮んだ。

「ずい分、井沢さんをおかばいになるのね?」

「なに?」

「わたしは寝ているけれど、なんでもよく分ってるのよ。人のしていることが、わたしには眼に見えるようだわ」

恵子は黙って頭を下げると、そこを離れた。これ以上、その場にいられなかった。恵子は自分の背中に山根の妻の灼《や》けつくような視線を感じた。

廊下に出た。心臓が激しくうっていた。後悔が一時にひろがった。病人に直接面会するのではなかった。

山根にそっと花束を渡して帰ればよかったのだ。なまじ、こちらの誠意を通じさせたいと思ったのが間違いだったのだ。

恵子は山根にも黙って帰るつもりでいると、後ろのドアが開いて、山根が急いで廊下

に現われた。彼は恵子と少し歩いてから頭を下げた。

「すみません」

彼は詫《わ》びた。

「妻はいま神経が普通でないんです。寝たままでいらいらしているし、これから先のことを考えて不安な気持でいるんです。どうか腹を立てないで下さい。詰まらないことをいった妻に代ってぼくがお詫びします」

恵子は山根の頰の削《そ》げた顔を見ると、彼が気の毒になった。

「わたしが伺ったのがいけませんでしたわ」

彼女は微笑んでみせた。

「ちっとも気にしていませんから、ご安心下さい」

「そうおっしゃられると、本当にどうあやまっていいかぼくには分りません」

恵子が出口に歩くのを山根はうしろから見送りについて来た。

山根の吐息を聞くと、恵子は彼も大へんだなと思った。

「あら、もう結構ですわ。どうぞ病室にお戻りになって下さい」

「いや、もう少しぐらいはいいです」

恵子は山根が病院の玄関まで見送るのだと思っていると、彼は、何を思ったか、ちょっと待って下さいと言って病室に引返した。しばらくして彼は新聞紙に包んだ靴を小脇に提げて戻ってきた。

「ぼくもその辺まで出てみます」

「あら、もう結構ですわ。奥さまのほうをどうぞみてあげて下さい」

「いや、いいんです。ぼくだって外の新鮮な空気を吸いたいんです。あそこに閉じ込められたままだと、とてもたまりませんよ」

そう言われれば、恵子は断りもできなかった。

彼女の横に並んで歩き出した山根は、急にいきいきとした顔色になっていた。動作もずっと快活なのである。彼は自分のほうから彼女の横により添った。これも日頃の彼にないことだった。

「やっぱり外はいいな」

彼は空を仰いだ。光を含んだ白い雲が海をよぎるように青い空を少しずつ動いていた。

恵子はあの暗くて異様な臭いのこもっている病室に十分間いただけだが、それでも外へ出ると、ほっとする。山根にはまるで暗いトンネルから抜け出たような思いだろう。

「ああいう場所ですから、なんのお構いもできませんでしたね」

山根は言った。

「いいえ、そんなこと……」

「ぼくもコーヒーが呑みたくなったんですが、ちょっと、そこに寄ってくれませんか?」

山根は通りがかりの喫茶店を見つけて誘った。

「でも、わたしは失礼しますわ」

「まあ、いいじゃありませんか」

山根は熱心に引留めた。

「それに、仕事のことでも、あなたにいろいろと訊きたいんです」

仕事だと言われると、恵子は断わることができなかった。それが山根の口実にしても彼は編集長だ。それに、あの病室から一時的でも外に解放されたその喜びが分らないでもなかった。

昼間の喫茶店は閑散としていた。二人は窓際に席を取ったが、窓から射す外光が山根のやつれた頬を青白く見せた。

山根は恵子に改めて頭を下げた。

「妻がずい分失礼なことを言ってあなたも気を悪くしたと思います。長い間、あの身体で寝ているものですから、普通よりは少し変った人間になってしまったんです。せっかく見舞いに来て下さったのに、本当にすみませんでした」

「わたしは、なんとも思いません。ご病人ですもの。どうか、そんな心配はなさらないで下さい」

だが、あの妻では山根も苦労だと恵子は同情した。

「ずっと寝ているだけに余計な邪推を働かせるんです。ときどきは、ぼくのほうが癇《かん》癪《しゃく》を起こしたくなりますよ」

恵子はどう答えていいか分らなかった。

3

山根は編集長だ。それが熱海の取材模様を遠慮そうに訊くのは、編集長の実権がすでに彼の手元から離れて前川一徳に移ったのを如実に語っていた。

「結局、ものになりませんでしたの」

恵子はあまり詳しく話さないつもりだった。

「しかし、前川さんの意気込みは相当なものだったから、ものにならないというのは変だな」

山根は首をかしげた。

「わたしの腕がなかったんでしょう」

恵子はそう答えるほかはない。

「それじゃ、あの記事は全然ダメになるのかな。前川さんが直接に書くのかな」

そうではない。結局、いまのところ恵子が書かせられることになっている。書けば山根には分ることだから、恵子もそれは言わないわけにはいかなかった。

「材料は、村山さんと林さんが持ってくることになっています。それでわたしが書くことになりそうですわ」

「材料だけをあの二人が揃えるんですか？」

山根は恵子の顔をじっと見た。それは何のために恵子が取材に行ったのかと疑っている表情だった。

「ええ、わたしではやっぱり無理だったんですわ」

「そうかな。あなたなら出来ると思ったんだがね。男二人が万一の場合に付いて行ったのだし、どうしてあなたに取材を中止させたのかな。一体、村山君なんかにそんな権限はないはずだが」

村山は営業部員だから山根がそう言うのは当然だった。

「いえ、村山さんじゃありません。前川さんですわ」

うっかり口から出た。

「なに、前川？」

山根の眼が大きくなった。恵子は、はっとしたが、もう遅かった。

「前川さんはどこからあなたに、その中止の命令を出したんです。東京からですか？」

「………」

「東京から電話で突然言ってくるのも変ですね。誰か、前川さんの意思を伝えた者がいるんですか？」

恵子が黙ってうつむいている顔を山根は穴のあくほど見つめていた。

「井沢さん。まさか、前川さんが後から熱海に行ったんじゃないでしょうね。え、どうですか？」

「…………」

「やっぱり、そうだったんだな」

山根は恵子の表情から断定したが、彼女もそれをもう否定できなかった。

「そうでしたか。あとで行ったんですね。それは前川さんだけですか?」

山根はつづけた。

「え、前川さんひとりだけですか? ほかにいなかったんですか?」

恵子は唾《つば》を呑《の》み込んだ。どう答えていいか分らなかった。

「やっぱり、社長もいっしょに行ったんですね」

山根の鋭い声に、恵子も嘘は答えられなかった。

「井沢さん、本当のことを言って下さい。昨夜の出来事を……」

山根は、熱海の夜のことを本当に言ってくれ、と恵子をじっとみつめる。

恵子は山根のその真剣な表情から、すでに彼が何かを察知しているのを知った。おそらく、前川一徳が熱海へ来たことで竹倉社長も同行したとさとったに違いない。

山根のその感得には、彼にもそれを予想させる知識があったのだ。つまり、

恵子は嘘が言えなかった。ここでそれを否定してもあとで分ることだし、嘘をいえばかえって山根に疑惑を持たれそうな気がした。

「前川さんがいらしてすぐあとに社長がみえたんです」

彼女は眼を伏せて言った。

「やっぱり……そうでしたか」

山根は吐息のようなものをついた。

「で、それからどうしました？」

山根の眼が急に光って、ごくりと唾を呑みこんだ。

「どうもしませんわ」

やはり竹倉のしたことは言えなかった。

「それだけ？」

山根は信じられないという顔だ。

「井沢さん、あなたはぼくに何か隠してるんじゃないですか？」

「……………」

「はっきりと言ってほしい。社長は熱海に行く予定はなかったんだ。それを急にあなたのところに行ったのは、彼に下心があったからです」

「……………」

「あなたを熱海にやるという前川さんの主張が、そもそも奇妙だとぼくは思ったんです。何かあるんじゃないかとカングっていたが、まさか彼が社長をあなたに取り持つ役をしていたとは考えつかなかった」

恵子は山根の言い方にどきりとした。前川が「取り持った」という言葉に屈辱を覚える。

結局、事実はその通りかもしれなかった。だが、はっきりそう言われるのは不愉快だった。

山根はもう顔を昂奮《こうふん》させている。彼の不用意な言葉も、そのせいで、山根自身がすでに余裕を失っている。

「恵子さん」

山根は初めて彼女の名前を呼んだ。

「それからどんなことが起ったんですか？　はっきりと聞かして下さい」

「べつに何もありませんでした」

「本当ですか？」

山根は恵子の表情から何かを知ろうとするかのように鋭い瞳《ひとみ》を据えていた。

「信じられない」

彼は言った。

「竹倉社長があなたのところに行って素直に引き退《さが》るとは思えない。もともと、そのつもりで前川を使ったのです。ほかの社員にも熱海に行くなどということは言ってなかった。それが突然に、しかも何の用事もないのに、あなたの泊っている宿に行った。……そこで何も起らなかったというのは常識的に考えられない」

「山根さん」

恵子は彼が激しく何かを言いかけるのをさえぎった。

「わたくし、そんな女ではありませんわ。社長が同じ宿に泊ったので、わたしはすぐに出て行きました。それくらいのことは心得てますわ」

恵子は山根と別れて社に戻った。電車に乗ったときがすでに予定より遅くなっていた。今ごろは社長の竹倉が帰ってきて腹を立てているかもしれない。殊に山根の病妻を見舞いに行ったことが竹倉の怒りを誘っているかもしれない。竹倉は山根を嫌っている。病妻を見舞いに行ったと言っても、彼は恵子が山根に逢《あ》いに行ったぐらいにしか考えないだろう。山根と恵子の間を昨夜もしつこくきいたくらいだ。

覚悟して社に戻ったが、意外なことに社長は戻っていなかった。のみならず、前川一徳も帰っていない。村山、林も姿がなかった。

社長の電話だととっくに帰社していなければならないのに、四人とも揃って熱海から戻らないのである。

恵子はほっとしたが、四人の遅れている理由が分らなかった。

部員たちはかえって恵子にその理由をきいてくる始末だった。

「井沢君、社長から君に電話がかかってきていたが、何と言っていたかい？」

それを返事すると、みんな首をひねっている。

「おかしいな。前川さんも戻らないのは弱った。まるきり連絡が取れないんだ」

前川に連絡が取れるはずはなかった。彼は梶村久子と伊豆山にこっそりと隠れている。

だが、恵子も変だなと思った。前川は社長が熱海に泊っていることが分っているので、そういつまでも梶村久子と伊豆山にいるわけにはゆくまい。昨夜一晩を過したら、今朝早速にも社長のいる宿に戻らなければならないはずだ。

部員たちも、今日中に社長と前川編集部長とが帰る予定になっているので、退社時間になっても何となくぐずぐずしている。

第一、熱海に取材に行ったというのに、恵子の立場がひどく妙なことになった。あとから材料を整えて持ち帰るということだが、村山と林がそれに暇取《てまど》っているとすればともかく、社長と前川一徳の帰京が遅れるのが分らない。

恵子が変な気持でいたとき、電話がかかってきた。五時を二十分過ぎていた。彼女はそれが竹倉社長だと思って時計を見たから時刻をおぼえている。

「もしもし、井沢君ですか?」

その太いダミ声を聞いただけですぐに相手が分った。大村だった。

恵子は大村などには用事はないと思ったが、ふと、彼と梶村久子との特別な関係を思い出して、彼が電話を恵子にかけてきたのは久子のことであろうと気づいた。それなら彼の電話を聞いてみる必要があった。

「しばらく」

大村は殊勝気に電話で言って、

「君、ちょっと話があるんだが、十分ばかりぼくに逢ってくれませんか。つい、近くに来てるんです。……いや、君が心配するようなことは何もしませんよ。今度は違う。真面目な話なんですよ。ぜひ、あんたに逢いたい。すぐに用事は済みます」

大村も恵子に拒絶されるかと思って、初めから言訳に一生懸命だった。

恵子が指定された近所の喫茶店に行くと、大村は奥のほうで待っていた。

恵子は大村の顔を見たくはなかった。電話が切れたあともよほど考えたのだが、問題が梶村久子に関連しているので、やっと我慢する気になった。それも社長一行がまだ帰社していないので、もしや前川一徳と梶村久子のことが何かのかたちでそれに原因しているのではないかと想像したのである。

大村は例によって太い黒縁の眼鏡を光らせて、やあ、と言って椅子をひいて半腰に及んだ。

前のいきさつなどはケロリとした顔でいる。大村の顔を見て恵子は、ふと、前川一徳を考える。両方ともタイプが似ているし、ずうずうしいところも瓜二《うりふた》つだ。但し、大村のほうがシケた感じだった。

「しばらくだね」

大村は恵子の機嫌を取るように言った。

「小説界社では、君の評判がなかなかよろしいので、ぼくも安心してるよ」

大村は早くも自分が小説界社に関連していることをほのめかした。ものの言い方が高飛車なのも変りはない。

ところが、その言葉つきに似合わず、いつもの大村と違って今日は少し神経質そうだった。

「早速だが」

彼は恵子の顔をのぞきこむようにして言った。

「昨夜、君は雑誌の取材に熱海のほうに行ったそうですね？」

小説界社に関連しているというだけあって、彼はそんなことまで知っている。

「ええ」

恵子はなるべく口を利くまいとする。この男に気を許したら、また何をするか分らない。

「ふむ」

大村はひとりでうなずいて、

「それは、あんたのほかに二人の部員が取材係としてついて行ったそうだが、前川君はどうでした？」

察するところ、この大村と前川とのつながりで、大村が梶村久子の連載小説を中継ぎしたというところらしい。旧《ふる》い編集者にはそういう気質《かたぎ》がまだ残っている。

「ええ、いらっしゃいました」

「ふむ」

とまたうなずき、

「そのときは竹倉社長もいっしょだったそうだが？」

「ええ」

「ふむ」

今度は二度ばかりうなずいた。

「前川君は社長と同じ宿に泊りましたか？」

大村は竹倉社長が恵子に企《たくら》みを持っていることなど全く気づかないような顔で訊《き》いた。

目下、それどころではなく、自分の女の梶村久子の行動に一生懸命というところだった。

いや、久子自身は彼にとって情婦の価値はないが、まだまだ金づるとして大事なのだ。それにしても自分の女に違いないから、いくらか、嫉妬《しっと》があるらしい。

「社長と前川さんとは別なようでしたわ」

「ふむ、やっぱりそうでしたか。……梶村が熱海に行ったようだが、あなたは見かけませんでしたか？」

4

恵子は大村から熱海で梶村久子を見かけなかったかときかれたとき、前川一徳と伊豆山の旅館の庭を歩いている二人の姿が鮮明にうかんだ。

大村は「梶村久子さん」とか「梶村さん」とは言わずに、もう呼び捨てだった。こうなると久子との秘密を匿《かく》しておく必要はない、といった思い詰めた表情だ。

「知りませんわ。梶村先生、熱海に来ていられたんですか？」

恵子はとぼけてきき返した。

「ほんとに見かけなかったんだね？」

大村は眼を恵子の顔に注いでいる。

「いいえ」

彼女は首を振った。

「うむ」

唸《うな》るように頭髪をかいていたが、

「どうも臭いな」

と独り言のように吐いた。

「何か心当りがあるんですか？」

大村が女のことでこんなに悩むとは考えなかったので、恵子も少しは同情したくなってきた。

「あいつ」

と梶村久子のことを指し、

「昨日はR新聞から頼まれて潮来《いたこ》地方に行くと言って出たんだ。ぼくはその言葉を信用していた。ところが、どうも変だという気がしたので、あとで新聞社の文化部に電話してみたら、そんな事実のないことが分った。……久子はその話を二、三日前からしていたので、ぼくはすっかり信用していたんだ」

「………」

「すると、ぼくの友達が、昨日の朝東京駅で新幹線に乗込んでいる梶村久子を見かけたと、何気なくぼくに話したんだ。おかしいと思ったね。潮来とはまるで正反対だ。……えらくめかしこんでいたというから、ははあと思った。あの女はひとりで取材に行くときは、そんなお洒落《しやれ》はしない性格なんだ」

「………」

「どうも妙だとはそのとき思ったが、今度は小説界社の前川君に用事があって電話をしたところ、彼も社長とどこかに行って不在だという。ぼくは至急な用事があったので、社長の秘書みたいなことをしている男に突込んできいてみた。すると、彼は誰にも言ってくれるなと言って、実は社長と前川君とが昨夜熱海に行ったことが分ったんだよ」

「………」

「熱海といえば、君が昨夜その取材に行くということも、これは編集部の者から聞いている。これと、梶村久子の新幹線とが、たちまちぼくの頭に一つの構図になってうかんできた」

「………」

「まさか竹倉社長が梶村久子とどうということはないから、てっきり前川だと思った。というのは、ぼくが連載小説で梶村を推し出してやったものだから、梶村のやつ、ぼくの世話なんかよりも、それを引受けた前川にえらく感激したんだ。前川も女好きだからな。いま君の話を聞いて、前川が社長とは別な宿に入ったというから、こりゃぼくの推定にいよいよ間違いはない。畜生、今度梶村を見つけたら、髪を切って坊主にしてやる」

恵子は、大村のような男でも、自分の女の浮気にはわれを忘れて取り乱すほど激怒するかと思うと、案外な気もしたし、おかしくもあった。

「社長も、前川君も熱海から戻っていないんだね？」

彼は念を押してきいた。

「そいじゃ、前川は梶村と、社長はどこかの女としけこんでいるに違いない」

大村は自分でそう断定したが、ふいと、恵子に向いて、

「君、社長と旅館はおんなじだったんだね？」

と今度は眼つきの方向が変った。

「初めはおんなじでしたが、わたしは別の旅館に移りましたわ」

恵子は思わず弁解めいて言った。うかつに同じ旅館にいたといえば、何を想像し、何を吹聴《ふいちょう》されるか分らない。たとえ社員二人が付いていたとしても、そんなことは大村の耳には入るまい。

「なに、別な旅館に移ったって？」

大村は聞きとがめた。

「そいじゃ、社長がその旅館を出ないで、君のほうが出たわけだね？」

「そうです」

大村は果して首をかしげた。

「そりゃおかしいな」

「大体、君の泊る旅館に社長が用事で来ても、社長のほうが今度はもっと高級な旅館に移るのが普通だがね。それを君のほうから出て行ったのはどういうわけだ？」

「初めの旅館がわたくしには高級すぎたんです」

「そりゃ嘘だ」

大村はしばらく梶村久子のことは忘れたように恵子を追及した。

「ぼくも永いこと編集者生活をしてるからね、出版社の連中の生活は裏の裏まで分っている。もちろん、どこの出版社のおやじがどんな手筈《てはず》で女子社員を手なずけているか、どこの出版社主の二号が何人いるか、その手口や生活振りは何でも分っている。あの竹倉も相当なもんだよ。あの社長の手にかかって、僅《わず》かな退職金を貰《もら》い、泣く泣く暇を取った女がどれくらいいたか分らない」

「…………」

「ひどい男だ。……井沢君」

急に大村の眼がぎょろりと光り、

「社長は君をどうかしようとしたんじゃないか？」

「いいえ。わたしなんか……」

「いいや、きっとそうだ。……そういえば、前川は梶村久子と組みになり、社長は君をと、初めから手順を決めて、こっそり熱海に行ったんだ。どうだ、これは図星だろう？」

恵子は詰った。その顔色を見て大村の顔は別な輝きをもった。それは、凱歌《がいか》をあげたような表情だった。

「よろしい。これから小説界社に行って、社長と前川とが戻ってくるまでねばってやる」

大村はぐっと唇のはしを曲げた。

「君、証人になってくれ」

「いやですわ」

「なに、いやだと？　どうしてだ」


恵子は大村ひとりを喫茶店に残して、先に出版社に帰った。

まだ竹倉社長も前川一徳も熱海から戻っていなかった。かなり時間が経つのに姿が見えないのが不思議だった。あのときの電話通りだと大分前に帰っていなければならない。

外はかなり暗くなっていた。

編集部員たちは、もじもじして帰りかねている。仕事といっても、まだ目鼻もついていないのだ。さしあたり特集として、熱海の夜が企画されただけで外には動いていない部員たちの顔にも濃厚に出ている。

それにしても、大村は梶村久子のことがあんなにも気になるのだろうか。大村は梶村からいわば喰《く》わせてもらっているヒモみたいな人間だから、久子が前川と浮気したところで、大村は情熱のない久子にあれほど怒ることはないと思われる。

やはり、嫉妬《しっと》だけは別ものなのだろうか。

ここまで考えたとき、恵子は初めて大村の怒りの原因に思い当った。

あれは久子への嫉妬からではなく、大村がその事実を摑《つか》んで、自分の有利を計ろうとしているのだ。それが、金を捲《ま》き上げるためか別な売り込みか分らないにしても、大村としてはいい口実になっていたのではなかろうか。

もしそうだとすると、大村としてはここで怒るだけ怒ったほうが効果的なのである。

——

表に自動車の停る音がした。

待ちかねていた部員たちは、窓から首を伸ばして下をのぞいた。

「社長と前川さんが帰ったよ」

そう叫ぶ者がいた。

すると、外が俄《にわ》かに騒々しくなった。大きな声が頻《しき》りと聞えている。

「どうした、どうした？」

皆が窓に駆けよった。恵子ものぞいた。

車を下りたばかりの前川を摑まえて、大村が大声で何か喚《わめ》いているのだった。二、三人が彼を制止している。大村が前川の胸ぐらをつかんでいるのだ。

「女はどうした？」

大村は皆から引き離されそうになりながらも叫んでいる。

「やい、前川。女はどこで逃した？」

一方、竹倉社長を見ると、事が面倒だと思ったか、素知らぬ顔でさっさと社の中に入ってしまった。

「まあ、大村さん。こんなところでみっともない。とにかく話があれば、内でしたらどうです？」

止めに入っている連中が言っていた。

上からのぞくと前川の顔はよく分らないが、その態度からすると、まるっきり大村を馬鹿にしたようにヘラヘラと笑っているのだった。

いざとなれば、部下が多いことにも安心しているのだろう。

そのうち連中は、かえって大村を曳《ひ》きずるようにして、社の中にどやどやと入り込んだ。

恵子は自分の予想通りだと思った。大村は出来るだけ騒ぎを大きくしようとする魂胆なのだ。

大村は二階に上った。ぞろぞろと乱れた靴音が恵子のいる部屋にも聞える。

やがて、ここから出て行った部員二人が妙なうすら笑いをして戻ってきた。

「どうした？」

事情を知らない男がきいた。

「何だか知らないが、梶村女史のことで、いまの人が前川さんに文句をつけに来たらしい。いま、三階の役員室に入れているがね。前川さんが下に降りて行けというので出てきたんだ」

「乱暴はしないのか？」

「えらく昂奮《こうふん》はしているが、もう、大丈夫だろう。その代り顔を真赤にしてがなり立てている。前川さんがわれわれをそこから出したのは、あまり体裁がよくない話らしいな」

「社長は？」

「社長室にいるよ。役員室とすぐ隣だから、全部聞えるはずだ」

「前川さんが帰ったのだから、もう、われわれも帰ろうか。こんなことになっては、もう、べつに指示も出ないだろう」

部員たちは帰り支度にかかっていた。出社するだけで一日中仕事がないのだから、帰りも早仕舞したがっている。恵子もいっしょに帰るつもりでいた。こんなところに残っている気はしなかった。

竹倉も恵子に残っているように電話をしていたのだが、前川、大村のトラブルという伏兵に遇《あ》ってそれどころではない。

するど、営業部の男がドアを開けて恵子のほうを真直ぐに見た。

「井沢君、三階に来て下さい」

恵子は、さっき大村が証人になってくれと言った言葉を思い出した。どうやら、前川との話の成行で恵子が必要になったらしい。

恵子は、大村などに言われることはないから黙殺して帰るつもりだったが、しかし、いまの伝言は果して前川が言ったものか、大村が言ったものか分らない。社員が呼びに来たところをみると、あるいは前川かもしれないのだ。大村の命令でよその社員が使い走りをするわけはない。

どうせ前川には会わなければならないので、心を決めて三階に上った。

ドアを開けると、前川と大村とが会議用の円テーブルを隔てて向い合っている。白いカバーをした椅子がそれでも両側に十二、三脚ならんでいた。

恵子は眼をちらりと二人に向けた。大村は肩をぐっと張って腕を組んでいた。それに対する前川は余裕をみせているつもりか、片手に煙草をくわえ片手は上衣の襟のあたりを遊《もてあそ》んでいた。

「やあ、井沢君こっちへ」

前川は恵子をすぐに呼んだ。

「いま、大村君からえらい抗議を受けて弱っている。大村君は、ぼくが熱海に梶村久子先生を呼び寄せていっしょに寝たというんだが、そんな事実があったかどうか、君、ひとつ話してやってくれないか。よく分るようにね」

恵子は隣の社長室の境目のドアを見た。そこには内側から灯が点《つ》いている。竹倉が一人で残っているのだ。

「いや、前川君、井沢君にきいても分らないだろう。君は早くから宿屋を変えたようだからね」

大村がまだ昂奮のさめない声で怒鳴っていた。

恵子は二人の男が対決している傍にたたずんでいた。

大村は顔を真赤にしているのに、前川は少し青ざめている。彼は大村の激怒を冷たく受けて立っている恰好《かっこう》だった。

「大村君は詰まらない妄想を起して、ここに乗り込んできたんだよ」

前川はちらりと眼を恵子に向けて言った。

「ひどい濡衣《ぬれぎぬ》だ……前から梶村女史と大村君とが普通でない状態だということはうすうす感じていたがね。それを大村君は今まで隠していたんだ」

と今度は大村に眼を戻し、

「だが、君が梶村女史の原稿を売り込みにきたときに、ははあと思ったよ。しかし、ぼくは知らん顔をしてそれを貰《もら》ったのだ。これはぼくの好意だよ……それをなんだ、いくら女にのぼせたからといって、妙な嫉妬を起すのは君ほどの男がみっともないじゃないか。そういっては悪いが、梶村女史のような女にぼくが手を出すほど酔狂ではないからね」

恵子は前川の図々《ずうずう》しさに呆《あき》れた。

恵子の目撃はたった今朝のことだ。

伊豆山の松林の間を歩いて行く男女のどてら姿だ。ひとりは梶村久子で、この背中の広い前川にしなだれかかっていた。

大村に怒鳴り込まれた前川としては、一応の否定はしなければならないのだろうが、現場を見ている恵子には、前川の横着さだけが大きく写り、かえって大村に同情したくなった。どちらも嫌な男だが、こんなふうな対決になると大村が妙に弱い人間に見えてくる。

隣室の社長室との間のドアは固く閉っているが、中に竹倉がいることは、ガラス戸に灯が映っているのでも分る。しかし、こそとも音はしない。

「いくら、君がそんなことを言っても……」

大村は隣の竹倉にも聞えよがしに一段と声を張り上げた。

「ぼくの睨《にら》んだ眼には間違いはない。その辺にも君の協力者がいるはずだ」

大村は社長室のドアに眼を走らせている。

「君は卑怯《ひきよう》な男だ。たかが女のことではないか。君があっさりと白状すればそれでいいんだ。しかし、尻《しり》の割れた嘘をつべこべと吐く卑怯さが腹に据えかねるのだ。どうだ、前川君。君も男だろう？　梶村とそうなったらなったと言ったらどうだ？」

　ふふん、と前川は鼻の先で笑った。

「えらく今度は男らしい言葉になったが、そんなに分っているなら何も梶村のことで疝《せん》気《き》筋を病んで、ぼくのところに血迷ってくることはないだろう」

「じゃア、君はあくまでもシラをきるんだな？」

「シラをきるも何も、おれは本当のことしかいえない男だからな。……なァ、大村君」

　前川一徳は指を前で組合せた。

「お互いこんなみっともないことで言い合ってもしようがない。ここには多勢の社員もいる。君が怒鳴れば怒鳴るほど君が男を下げるだけの話だ。井沢君だって、君の顔を見て笑っているぜ」


（下巻へつづく）

本書は、昭和六十年十一月十日初版の角川文庫旧版を改版したものです。本文中には、情婦、土建屋、盲目、女中、未亡人、二号など、今日の人権擁護の見地に照らして、不適切と思われる語句や表現があります。作品全体として差別を助長するものではなく、著者が故人である点も考慮して原文のままとし、著作権継承者と協議のうえ一部を修正しました。

（編集部）

美《うつく》しき闘《とう》争《そう》 上

新装版《しんそうばん》

松《まつ》本《もと》清張《せいちょう》

昭和60年 11月10日 初版発行
令和 3 年 11月25日 改版初版発行
令和 5 年 4 月10日 改版 5 版発行

発行者●山下直久

発行●株式会社KADOKAWA
〒102-8177 東京都千代田区富士見2-13-3
電話 0570-002-301(ナビダイヤル)

角川文庫 22905

印刷所●株式会社KADOKAWA
製本所●株式会社KADOKAWA

表紙画●和田三造

●お問い合わせ
https://www.kadokawa.co.jp/ （「お問い合わせ」へお進みください）
※内容によっては、お答えできない場合があります。
※サポートは日本国内のみとさせていただきます。
※Japanese text only

ISBN 978-4-04-111603-6 C0193

角川文庫発刊に際して

角川源義

第二次世界大戦の敗北は、軍事力の敗北であった以上に、私たちの若い文化力の敗退であった。私たちの文化が戦争に対して如何に無力であり、単なるあだ花に過ぎなかったかを、私たちは身を以て体験し痛感した。西洋近代文化の摂取にとって、明治以後八十年の歳月は決して短かすぎたとは言えない。にもかかわらず、近代文化の伝統を確立し、自由な批判と柔軟な良識に富む文化層として自らを形成することに私たちは失敗して来た。そしてこれは、各層への文化の普及滲透を任務とする出版人の責任でもあった。

一九四五年以来、私たちは再び振出しに戻り、第一歩から踏み出すことを余儀なくされた。これは大きな不幸ではあるが、反面、これまでの混沌・未熟・歪曲の中にあった我が国の文化に秩序と確たる基礎を齎らすためには絶好の機会でもある。角川書店は、このような祖国の文化的危機にあたり、微力をも顧みず再建の礎石たるべき抱負と決意とをもって出発したが、ここに創立以来の念願を果すべく角川文庫を発刊する。これまで刊行されたあらゆる全集叢書文庫類の長所と短所とを検討し、古今東西の不朽の典籍を、良心的編集のもとに、廉価に、そして書架にふさわしい美本として、多くのひとびとに提供しようとする。しかし私たちは徒らに百科全書的な知識のジレッタントを作ることを目的とせず、あくまで祖国の文化に秩序と再建への道を示し、この文庫を角川書店の栄ある事業として、今後永久に継続発展せしめ、学芸と教養との殿堂として大成せんことを期したい。多くの読書子の愛情ある忠言と支持とによって、この希望と抱負とを完遂せしめられんことを願う。

一九四九年五月三日